樋端温海
丸山 葵
五十嵐澪

「美味しいねえ押尾君」

フルーツ大福を頬張る佐藤さんは、
こちらが人知れず死にかけていることなど
気付いた様子もなく、
幸せそうな表情を晒している。

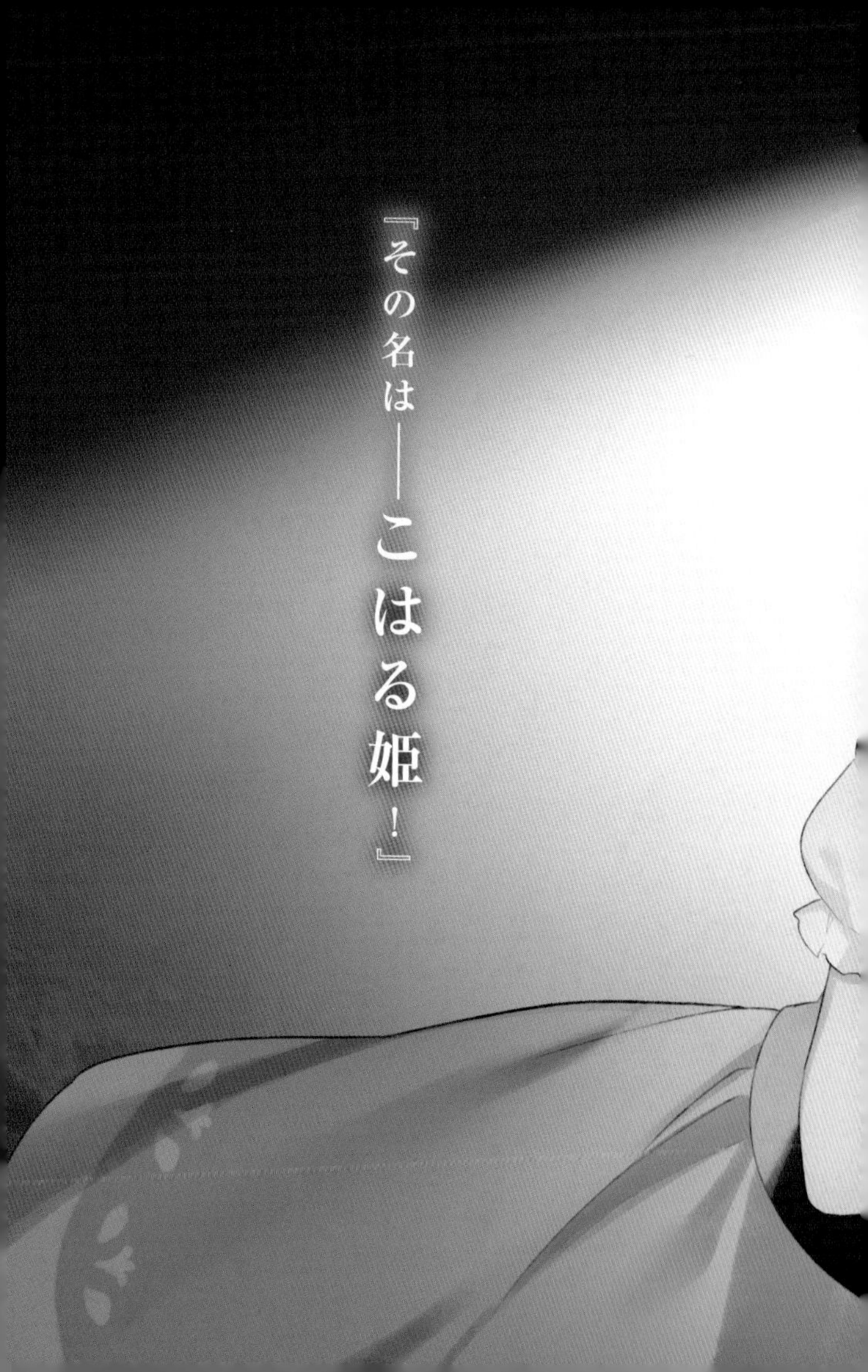
『その名は――こはる姫！』

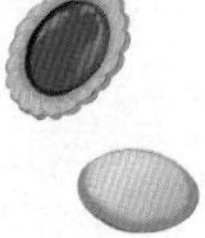

contents

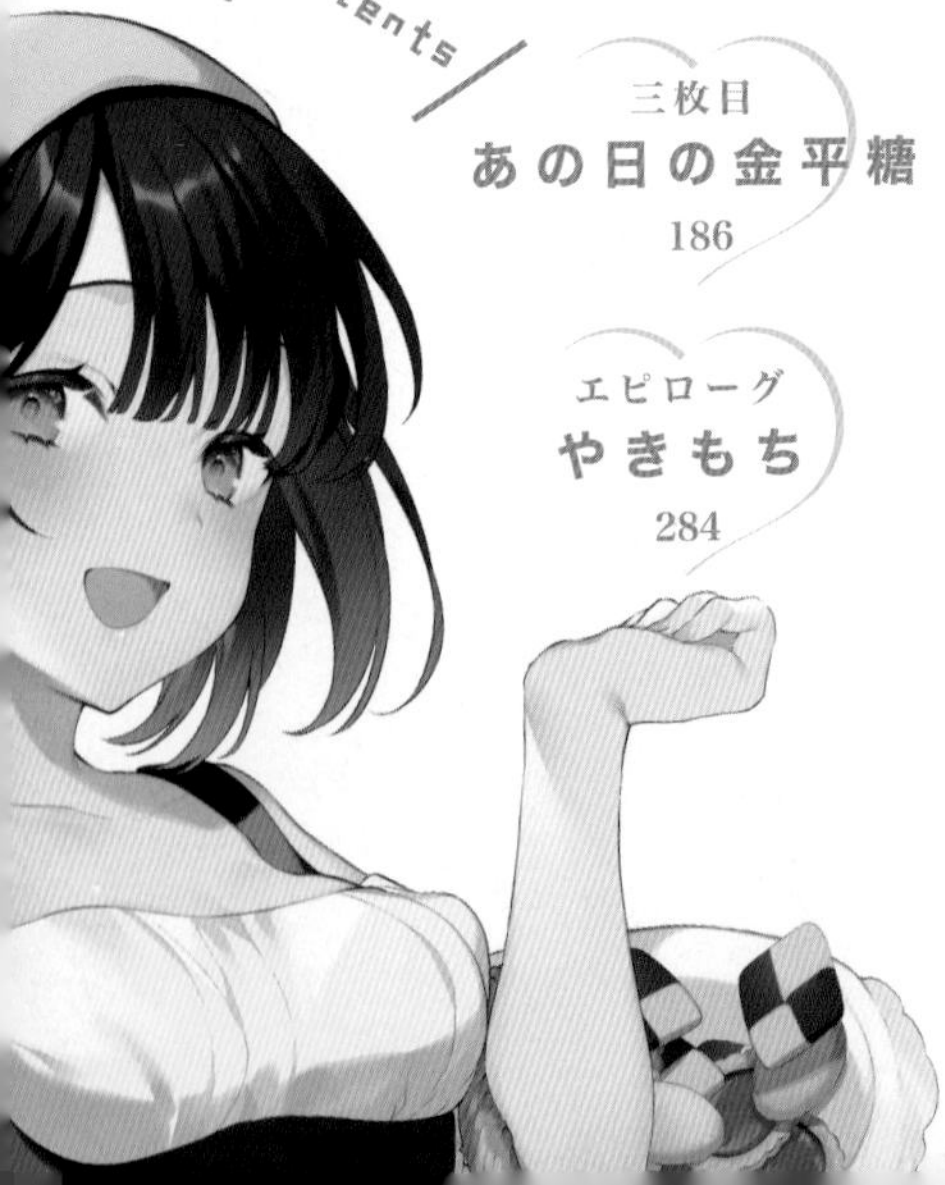

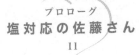

猿渡かざみ
Kazami Sawatari
イラスト／Aちき
Atiki
Shiotaiou
Sato san ga
4

押尾　颯太
【おしお　そうた】
高校二年生。実家である「cafe tutuji」の店員。

佐藤　こはる
【さとう　こはる】
高校二年生。
通称"塩対応の佐藤さん"

三園　蓮
【みその　れん】
高校二年生。
颯太の親友。

三園　雫
【みその　しずく】
蓮の姉。
古着屋「MOON」の店員。

根津　麻世
【ねづ　まよ】
雫の友人。
雑貨屋「hidamari」の店員。

五十嵐　澪
【いがらし　みお】
高校二年生。佐藤さんのクラスメイトで、
演劇同好会会長。

丸山　葵
【まるやま　あおい】
高校二年生。佐藤さんのクラスメイトで、
演劇同好会所属。

樋端　温海
【ひばた　あつみ】
高校二年生。佐藤さんのクラスメイトで、
演劇同好会所属。

c h a r a c t e r s

プロローグ　塩対応の佐藤さん

同じクラスの佐藤《さとう》こはる。またの名を〝塩対応の佐藤さん〟。

肩口のあたりで切り揃《そろ》えられ、ふわりと内に巻かれたボブカットの黒髪、切れ長の大きな瞳《ひとみ》、通った鼻筋。可愛《かわい》いと美人のちょうど中間にいるような彼女は、その整った容姿からたいへん注目を浴びる。こはる、なんて可愛らしい名前も手伝って、今まで彼女とお近づきになろうとした者は数知れず、だ。

しかし、今を以《もっ》て彼女と懇意になれたクラスメイトはただの一人としていない、それは何故《なぜ》か？

——そもそも私、あなたとそんなに仲良くない。

これは他クラスのイケメン君が、無謀にも彼女をデートに誘った際、佐藤こはるから賜《たまわ》った伝説的なお返事である。

イケメン君が声をかけてから僅《わず》か数秒の出来事であり、この間彼女は表情筋をぴくりとも動かさなかったんだとか。

……おわかりいただけただろうか。

佐藤《さとう》さんは顔の美醜はもちろん、老若男女分け隔てなく、誰に対してもきまって〝塩対応〟なのだ。

「いや」「めんどうくさい」「だからなに」「もう帰っていい？」

等々……、温かみの欠片《かけら》もない言葉の数々が、全くの無表情からショットガンのごとく放たれる。

それでもなお人を引き寄せるのは、ひとえに彼女の整いすぎた容姿のなせる業《わざ》だろう。

まぁ、これにまんまと寄せられてきた人たちを片っ端から撃ち抜いてきた功績を認められ、挙句についたあだ名が〝塩対応の佐藤さん〟というわけであり――同時に、俺の恋人でもある。


どうやら二人で夏祭りにいたところを、クラスメイトの誰かに見られていたらしい。

そもそも、夏休み前から「押尾颯太《おしおそうた》と佐藤こはるは付き合っているのではないか」という噂《うわさ》自体はあったわけで、それが夏休み明けになってとうとう爆発したかたちだ。

そんなわけで今日の昼休みもまた――夏休みが明けてからはほぼ毎日だ――クラスメイトたちに机ごと取り囲まれて〝塩対応の佐藤さん〟についての質問攻めを受けていた時のこと。

ふいにそのうちの一人が言った。

「佐藤さんってちょっととっつきにくい印象よね。お高く留まってるっていうか、そもそも私たちのことなんか眼中にないっていうか、そんな感じ」

――彼女は演劇同好会会長、五十嵐澪《いがらしみお》。

明るい茶髪のセミロングはよく手入れが行き届いており、頭のてっぺんには俗に言う「天使の輪っか」が浮かび上がっている。

気の強そうな眼差《まなざ》しや、口角を僅《わず》かに持ち上げるお手本のような笑み、すらりと長い足を組みかえるしぐさ、芝居がかったような所作の一つ一つが彼女の強い自信のあらわれだ。

事実、彼女はこんな片田舎の高校では珍しいぐらい垢抜《あかぬ》けていた。クラスでの注目度で言えば〝塩対応の佐藤さん〟にも負けず劣らず、である。

そんな彼女があえて〝塩対応の佐藤さん〟を非難するような内容を口にした。この意味が分からないほど、皆鈍感ではない。

その証拠に、さっきまで「どうやって佐藤さんと付き合った?」だの「佐藤さんと二人の時はどういう会話をするの?」だの「佐藤さんのMINE《マイン》のID教えて」だのと好き放題な質問を投げかけてきていた皆が一斉に口をつぐみ、ひきつった笑みを浮かべていた。

奇妙な間。

「そ……そうかな?」

なんとも言えない空気に耐えかねた俺は、ぎこちない愛想笑いを浮かべながら言う。

まるで爆弾でも取り扱うかのように慎重に、言葉を選んで……

「その……佐藤《さとう》さんもちゃんと話してみると普通の女の子で」

「ふうん？　そんな風には見えないけどなぁ」

「ははは……」

食い気味に言葉をかぶせられて、もはや笑ってごまかすほかなかった。ははは、ではない。まだ衣替えの時季でもないのに、やけに空気が冷たく感じた。

奇妙な間。

「……っ」

――に、逃げ出したい！　誰か！　誰でもいいからこの空気を変えてくれ！

きっとその場に居合わせた誰もがそう願ったはずだ。

何故《なぜ》ならその願いが天に通じたとしか思えないほど、完璧《かんぺき》なタイミングで彼女が現れたのだから。

「ヒィッ!?」

最初に気付いたのは、俺の隣で引きつった笑みを浮かべていた将棋部の田米《ため》くんであった。

彼のやけに甲高い悲鳴を受けて、皆がほぼ同時にある方向へ振り返り……彼女の姿を認めて戦慄《せんりつ》する。

肩口のあたりで切り揃《そろ》えられ、ふわりと内に巻かれたボブカットの黒髪、切れ長の大きな瞳《ひとみ》、通った鼻筋。可愛《かわい》いと美人のちょうど中間……

要するに、ご本人登場。

少し離れた場所に立って、無言でこちらを睨《にら》みつける佐藤こはるの姿がそこにはあった。

「……」

整いすぎた容姿には、よくも悪くもパワーがある。

彼女の眼《め》から放たれるまっすぐな眼差《まなざ》しは、まるで鋭利な刃物のような切れ味を帯び、その場にいる全員を貫いた。

あまりの迫力に俺でさえ一瞬怯《ひる》んだほどだ。夏休みの期間中、完全に佐藤さんから離れていた皆がこれに耐えられるはずもない。

「あ……俺っ、購買行かなきゃ！　颯太《そうた》また今度なっ！」

「……そ、そうだ！　べべ、弁当食わなきゃ！」

「俺もだ！　弁当が冷めちゃうからなっ!?」

……弁当は普通冷めているものだ。

なんてツッコミを入れる間もなく、俺の机を囲んでいたクラスメイトたちが蜘蛛《くも》の子を散らすように方々へ逃げ去って行ってしまった。

きっと、五十嵐《いがらし》さんの意見に同調したと思われないよう必死なのだろう。そして当の五十嵐さんでさえ……

「っ……！」

一瞬、露骨に悔しそうな表情を作って佐藤《さとう》さんを睨《にら》みつけると、何も言わずその場を去ってしまった。肩を怒らせながらつかつかと、自らの取り巻きが待つシマへと戻る。

かくしてあっという間に、俺の周りからは人っ子一人いなくなってしまったわけだが……

「……」

たった一人、佐藤さんだけがじいっとこちらを睨み続けている。

「あ――――……佐藤さん、さっきの会話聞こえてた？」

「……？　ううん……遠かったから……」

「そっか……席空いたけど座る？」

「……」

佐藤さんは注視しないとわからないぐらい小さくこくりと頷《うなず》いて、ゆっくりとこちらへ歩み寄ってくる。そして椅子《いす》の一つに腰を下ろすと、ある物を机の上に置いた。

なにやらケーキでも入っていそうな立派な紙箱である。

「佐藤さん、これどうしたの？」

「……」

俺が尋ねると、彼女はしばしの沈黙ののち、消え入りそうな声でぼそりと、

「……フルーツ大福」

「えっ？」

「フルーツ大福、買ってきたの……押尾《おしお》君と一緒なら、皆と喋《しゃべ》れると思って……」

「……」

「少し多めに買ってきたの……フルーツ大福……」

聞いてるだけで気分が沈み込むような、ひどく悲しい声音であった。

よく見ると、その黒目がちな瞳《ひとみ》がふるふる震えてさえいる。

……ご覧いただきたい。これこそがクラスメイトたちから恐れられる「塩対応の佐藤さん」その正体だ。

彼女は確かに「塩対応」かもしれないが、決して他人が眼中にないわけでも、お高く留まっているわけでもない。むしろその逆で、皆と仲良くなりたいとさえ思っているのだ。

ではそんな彼女がどうしてこの有様なのかというと……

「緊張して、声かけられなかった……！」

——これである。

おわかりいただけただろうか？

塩対応の佐藤さん、しかしてその実態は「極度の人見知り」。

本人は心の底から友達を作りたいと思っているが、他人を前にすると緊張感から途端に表情がこわばり、最低限の言葉を発するので精一杯になってしまう。

そんな冗談みたいな気質が災いして、気がつけば高校二年の二学期——要するに友達ができないまま高校生活の半分が終了。あげく「塩対応の佐藤《さとう》さん」などという不名誉なあだ名まで広められてしまった、実に可哀想《かわいそう》な女の子なのである。

以上、説明終わり。

「えーーっと……フルーツ大福、もらっていい？」

「……うん」

「……一緒に食べる？」

佐藤さんはひどく悲しそうな顔で、こくりと頷《うなず》いた。

ふ、不憫《ふびん》だ……

俺は箱を開封して、中のフルーツ大福を一つずつ取り出す。

これだってそう安いものではないだろう。皆と仲良くなるきっかけを作るためにわざわざ多めに買ってきたのだと思うと、あまりの不憫さに少し泣きそうになった。

佐藤さんは自分の分のフルーツ大福を受け取ると、大きな溜息《ためいき》を吐き出す。今年ぶんの幸せがまとめて逃げていきそうなぐらい特大のやつだ。

「……学校が始まったのに全然友達ができない……夏休みに色々バイトして少しぐらいこみゅりょくついたと思ったのに……」

「しょ、しょうがないよ。まだ二学期になってからたったの一週間じゃん、気長に気長に……」

「でも、もうすぐ桜華祭《おうかさい》があるもん……」

――桜華祭。

県立桜庭《さくらば》高等学校における秋の学校行事であり、俗に言う文化祭である。確かにこの一大イベントを前にしてクラスに友達が一人もいないというのは考えものだが……

「それなら俺が一緒に回るよ、カレシだもん。佐藤さんが良かったらだけど」

「そっ、それは……すごく嬉《うれ》しいし、良いっていうか、願ったり叶《かな》ったりというかあれなんですけども……」

佐藤さんが口を尖《とが》らせて、なにやら身体《からだ》をもじもじさせている。恥ずかしいらしい。ちなみに俺はもっとだ。表面上は平静を装っているものの、教室で面と向かって「カレシ」と言うのは顔から火が出るぐらい恥ずかしい。

……誰かに聞かれてないよな？

「も、もちろん押尾《おしお》君と一緒に桜華祭は回りたいよ？　けど……」

「けど？」

「それだけじゃ、いつもと変わらない気がして……」

「うーーん……」

……確かに佐藤さんの言うことも一理ある。

まさか桜華祭の期間中ずっと二人でくっついているわけにもいかないし、俺はあくまで佐藤さんのカレシであって友達ではない。

高校二年の今しか体験できない一大イベントで、友達との思い出が一切ないというのは、いかがなものか。

それになにより、佐藤《さとう》さん自身がこの状況を変えたいと願っているのだ。これを手助けすることこそがカレシの役目ではないだろうか。

「――よし、じゃあ一緒に桜華祭《おうかさい》までに友達を作る方法を考えてみよっか」

俺はフルーツ大福を一口齧《かじ》って（中身は大粒のマスカットだった。美味《おい》しい）、佐藤さんに提案した。彼女は一転、目を輝かせて「ホント!?」と食いついてくる。

「もちろん！　ええと、まずは手っ取り早いところから……すでにある程度仲のいい人と更に仲良くなるっていうのはどうだろう？　佐藤さんがこのクラスで一番喋《しゃべ》る人って誰？」

「……押尾《おしお》君！」

「あっ、うーん……」

そういう意味で聞いたわけではないし、分かっていて言わせたわけでもない。だからそんな自信満々な顔をされるとちょっと困る……嬉《うれ》しいけどさ。

「じゃ、じゃあその次は？」

「………………蓮《れん》君？」

だいぶ間があった上に疑問形だ。一緒に海まで遊びに行ったのにこの反応はさすがの蓮も傷つくと思うぞ。

ちなみに蓮は今、別のシマでサッカー部の男子たちと談笑している。

「他には？」

「う――――――ん…………先生？」

「……一旦《いったん》別の作戦考えよっか」

それだけ溜《た》めて出てきた回答がそれなのだから、つまりはそういうことだ。

すでにある程度仲のいい人と更に仲良くなる作戦、企画倒れ。

「そうだ！　佐藤さん夏休みにいろんなバイトをしてその写真をミンスタに投稿してたでしょ？　あれをとっかかりに会話をしてみるとか」

「そもそも会話までたどり着かない……」

「だよね……」

早くも言葉に詰まり、ううんと唸《うな》る。

……自分の恋人にこういうことを言うのもなんだが「塩対応モード」の佐藤さんはすこぶる怖い。比較的慣れたはずの俺でさえ、あの状態の彼女に見つめられると別の意味でドキッとしてしまうほどだ。

佐藤さんは、そもそも会話に持っていくまでのハードルが高すぎる。そして俺はそんなレアケースを佐藤さん以外に知らない。よって解決策も知らない。

いきなり大きな壁にぶち当たったった。

「やっぱり、私に映《ば》える高校生活なんて無理なのかな……」

そして難しい顔で唸《うな》っていたら、再び佐藤《さとう》さんの卑屈スイッチが入ってしまった。

「いいもん……どうせ私なんかただのちーぎゅう？　だもん……教室の隅っこでスマホいじりながら一生を終えるんだもん……」

「卒業はしてね」

あと「チー牛」なんて言葉どこで覚えたんだ佐藤さん。使い方間違えてるし、すぐにでも忘れてほしい。

ああ、いっそ友達ができずにいじけている今の佐藤さんを皆に見てもらえれば、話は簡単なのに……

なんてことを考えていたら、妙案を思いついた。

「――そうだ、ヘタに身構えるからよくないいんじゃないかな？」

「？　どういうこと？」

「誰と仲良くなろうとか、どういう風に仲良くなろうとか、そういう意識にばっかり囚《とら》われすぎてるんだよ」

佐藤さんは未《いま》だ俺が何を言わんとしているのか理解できないらしい、リスみたいに可愛《かわい》らしく小首を傾《かし》げている。「だからさ」と俺は続けた。

「選択肢が多いせいで迷うなら、いっそ完全に機械的にしちゃえばいいんだよ」

「機械的？」

「うん」

——思うに、佐藤さんに足りないのは試行回数である。

何故《なぜ》なら佐藤さんは皆と仲良くなりたいと思っていて、皆もまた佐藤さんとお近づきになりたいと思っている。二学期が始まってからほとんど毎日の勢いで、俺を質問攻めにしてきているのがその証拠だ。

なら、まずはこの誤解を解かないことには始まらない。そのために重要なのがトライ＆エラーだ。

「たとえば次、一番最初に話しかけてきた人と桜華祭《おうかさい》までに仲良くなるよう努力するとか」

「そっ、それはどういう⁉」

思いのほか具体的なアイデアだったからだろう、佐藤さんが分かりやすく前のめりになって食いついてくる。ホント、慣れてる相手に対しては感情表現豊かだな……

「話しかけてくれるってことは、向こうもそれなりに佐藤さんに興味を持ってるってことだと思うし、まずはその人と仲良くなることを目標に頑張るのがいいんじゃないかな？　そうだな……とりあえず好きなものが聞けるぐらいには」

「それなら私にもできるかも！」

佐藤さんがふんすと鼻を鳴らす。さっきまでの意気消沈っぷりが嘘《うそ》のようだ。

「……ちなみに押尾《おしお》君、仲良くなるための会話のコツってある？」

「コツ？」

……考えたこともない。でもそうだな、あえて挙げるとするなら……

「相手の話をよく聞く、相槌《あいづち》を打つ、そして会話の中から相手が興味のありそうなことを察して話題を広げる……」

「うんうん！」

「あとは……笑った方がいいかもね」

「笑顔も大事だもんね！」

笑顔「も」というか、佐藤《さとう》さんに関しては笑顔「が」最も大事なのだ。

ともあれ、このたった数回のやりとりで佐藤さんのやる気は完全に回復したらしい。

「ありがとう押尾君！　なんだか希望が見えてきた！」

なんて言いながら、蒸気機関みたいにふんすかふんすかと鼻息を荒くしている。

たいへん威勢のいい返事だが……なんだろう？　かえって心配になってきたぞ……？

――しかしまぁ、なにはともあれ佐藤さんが元気になってくれたのはいいことだ。いざとなれば俺がフォローすればいいわけだし……

と、食べかけのフルーツ大福を再び口へ運ぼうとして、そこで佐藤さんがまだ一口もフルーツ大福に口をつけていないことに気付いた。

「あれ？　佐藤さん、食べないの？」

「えっ、ああ、う――――ん……食べないとだよね……」

なんだか妙に歯切れの悪い物言いだ。

おまけに彼女は、紙箱の中で並ぶ白くて丸いそれをまじまじと観察すると、

「……押尾君、ナイフとか持ってる？」

なんて聞いてくる。

当然ナイフなんて携帯しているわけがない。ここまでくるとさすがに様子が変だ。

「どうしたの、佐藤さん？」

「その……」

再び尋ねかけると、佐藤さんはいかにも恥ずかしそうに、手指をこねくり回しながら言う。

「私、切るもの忘れてきちゃって……」

「ああ、そういうこと」

――ここでフルーツ大福について少し説明しよう。

フルーツ大福というのは、文字通り大福餅《だいふくもち》の中にフルーツが入ったもののことを指す。お馴《な》染《じ》み「いちご大福」が元祖だ。俺が今食べているのはいわゆる「マスカット大福」だが、みかんやキウイ、バナナにパイナップルなど、中身のバリエーションは多岐にわたる。

そしてこれはほぼ全てのフルーツ大福に共通することだが――フルーツ大福は真ん中から

切り分けた断面が一番写真映えするのだ。

佐藤《さとう》さんがいつまで経《た》っても大福に口をつけなかったのは、きっとそういう理由なのだろう。せっかくなら一番綺麗《きれい》なかたちで食べたいと……それなら話は早い。

俺は大福の入っていた紙箱を手元へ引き寄せ、中を覗《のぞ》き込む。

「たぶん、このへんに……あ、あったあった」

俺は紙箱の中から目当てのものを取り出す。ソレはタコ糸にも似た、何の変哲もない一本の細い紐《ひも》だ。

「えっ？　押尾《おしお》君なにその紐？　もしかして変なの混じってた……？」

「違う違う、これはこうやって使うんだよ」

俺は大福の一つを紐でくくると、紐の両端を指でつまんで、引っ張る。

力を込めれば込めるほど紐は大福の中へ食い込んでいって、やがて——ぷつん、と大福が左右に割れる。これによって瑞々しくて鮮やかな橙《だいだい》色の断面が露《あら》わになった。

柿だ。大福の中に丸ごと一個の小ぶりな干し柿が入っている。

「——餅《もち》切り紐っていうんだ。お店の人はちゃんと入れてくれてたみたいだね。下手に刃物を使うと中のフルーツが潰《つぶ》れちゃうから、この方がよっぽど綺麗に切れるよ」

「すっ……すごい！　手品みたい！」

佐藤さんが大福みたいに目を丸くして感嘆の声をあげる。言葉の通り、初めて手品を見る子どものような反応だ。「自分もやってみたい」と顔に書いてある。

しかし、それでも佐藤さんはフルーツ大福へ手を伸ばそうとしなかった。

「ごめんね押尾君、切り分けたかったのは本当なんだけど、その、ちょっと違くて」

「……もしかして柿が嫌いだったりする？　それなら俺のマスカットと交換して……」

「そっ、そういうわけじゃないの！　私甘いものはなんでも好きだよ！　ただ……」

「ただ？」

「……フルーツ大福が思ってたより、ずっと大きくて……だから、その……」

どんどん声が小さくなり、最後の方なんかは昼休みの喧騒《けんそう》にかき消されてほとんど聞き取れなかった。俺は集中して彼女の言葉に耳を傾ける。

すると佐藤さんは膝《ひざ》の上で組んだ手指をこねくりまわしながら、頰《ほお》を赤らめて、言った。

「……押尾君の前でおっきく口を開けるのは、ちょっと恥ずかしいなー……なんて」

「ごっふっ！　げほっ、げほっ！」

「押尾君!?　大丈夫!?」

「だ、大丈夫……っ！」

思いっきりむせてしまったが、慌てて席を立ち上がった佐藤さんにそう答えることができただけでも御の字だ。

――そんないかにも乙女な不意打ちはずるい。

「おっ、俺は気にしないから……佐藤《さとう》さんも気にしないで食べて……」

「そ、そう？　じゃあ……」

佐藤さんは半分になった柿大福を手に取って、今一度これを観察する。そして彼女はちらちらと俺の表情を窺《うかが》ったのち……

「ふふっ」

少しばかり照れ臭そうにはにかみながら、ぱくりと大福へ齧《かじ》りついた。

その小動物じみたしぐさに危うく声が出かかる。

……もしや彼女はわざとやっているのではないだろうか？　ヤバい、可愛《かわい》すぎて胸が苦しくなってきたっ……！

「美味《おい》しいねえ押尾《おしお》君」

フルーツ大福を頰張《ほおば》る佐藤さんは、こちらが人知れず死にかけていることなど気付いた様子もなく、幸せそうな表情を晒《さら》している。

――ダメだ！　佐藤さんと付き合い始めてからもうすぐ三か月が経《た》つが、これぱっかりは一生慣れられる気がしない！

俺はこの動揺を取り繕うように椅子《いす》へ座り直し、机に手をついて……その時、ある違和感に気付いた。

「……？」

なにやら手のひらにざらりとした感触。

不思議に思って見てみると、無数の小さな粒が手のひらに張り付いてきらきらと輝いている。

……フルーツ大福の何かがこぼれたのだろうか？

俺はなんの気なしに指先についたソレを一粒舐《な》め取ってみる。甘……くない、しょっぱい。

これは……

「塩……？」

どうして教室の中に、塩が？

机上を見渡すが、塩を落としそうなものは何一つ見当たらない。正面に座った佐藤さんが、ハムスターみたく一生懸命に大福を頬張っているだけだ。

塩対応の佐藤さんとはいえ、まさか本当に塩を出すわけではないだろう。

「もご……どうしたの押尾君？」

佐藤さんが申し訳程度に口元を隠しながら言う。リスのように膨らんだ頬袋《ほおぶくろ》は隠しきれていない。

「……いや、なんでもないよ」

俺はそう答えて、ぱんぱんと手を払った。

確かに不思議だが、あえて取り立てるほどのことでもない。

きっと、さっきまで俺の周りを囲んでいたクラスメイトたちのうちの誰かが、何かの拍子でこぼしていったのだろう。

俺は大福の最後の一欠片《かけら》を口の中に放り込む。手指に残る塩気のせいで、妙に甘さが際立って感じられた。

「で、どうしてああなるかね」

フルーツ大福を食べ終えた佐藤《さとう》さんと入れ替わりに自分の席へと戻ってきた蓮《れん》が、机に頬杖《ほおづえ》をつきながら言った。

彼の視線は窓際の定位置に着席する佐藤さんの横顔へ向けられている。

さっきまでの幸福に満ちた表情とは打って変わって、佐藤さんは氷のような無表情であった。あまりの急変ぶりに、近くのクラスメイトたちも戸惑っているように見える。

「ほんの少し前まではニコニコしてたと思ったんだけどな」

「いや、あれはかなりリラックスしてる方だよ。いつもより若干表情が柔らかいからね」

「すごいなお前……」

蓮は感心と呆《あき》れがちょうど半々になった目でこちらを見てくる。

俺もこの三か月間、伊達《だて》に佐藤さんのカレシをやっていたわけではない。佐藤さんの細かな表情変化を見分けるぐらい朝飯前だ。

「……で？　佐藤さんは友達百人できそうか？」

「時間はかかるかもしれないけど……大丈夫だよ。佐藤さん、夏休み中に色々バイトしてコミュ力上がったから」

「……あれで？」

俺と蓮は同時に佐藤さんを見る。

……見れば見るほど綺麗《きれい》な横顔だ。宝石のような瞳《ひとみ》も、通った鼻筋も、しゃんと伸びた背筋も、どれをとっても完璧《かんぺき》で、そこにはある種芸術品のようなおもむきさえあった。

しかし先ほども述べたように、整いすぎた容姿にはパワーが宿る。

恐らく本人にそんなつもりはないのだろうが、彼女の全身から発せられる「近寄りがたさ」は、この距離からでも分かるほどだ。

……ぶっちゃけ、すこぶる話しかけづらい。

「だ、大丈夫でしょ」

俺は自らに言い聞かせるように続ける。

「だって佐藤さん、ただちょっと人見知りなだけで中身は普通の女の子だし……一度ちゃんと話をすれば、塩対応の佐藤さんなんてただの噂《うわさ》だってみんなに分かってもらえるよ」

「ふうん、ずいぶん楽観的だな、俺は気をつけた方がいいと思うけど」

「気をつけた方がいい？　何に？」

「誰も彼も塩対応の佐藤さんと仲良くなりたいわけじゃないってことだよ」

蓮《れん》は至極真面目な口調で言った。珍しくシリアスモードだ。

「佐藤《さとう》さんは良くも悪くも目立ちすぎるからな、そりゃ本心からお近づきになりたいヤツらもいるだろうよ。でも佐藤さんをよく思ってないヤツもいるってこと、忘れるなよ」

「そんな、まるで佐藤さんが悪目立ちしてるみたいな……」

「してないのか？」

あまりに直截《ちょくせつ》な物言いに、俺は思わず言葉に詰まってしまった。

……正直、蓮の言うことに思い当たる節がないわけではない。

何故《なぜ》なら、今まで佐藤さんとの対話を試みたクラスメイトたちはそれなりに多い。

友達になりたくて、恋仲になりたくて、はたまた興味本位で……

しかし佐藤さんときたら持ち前の「塩対応」を発揮して、無自覚のうちにその一人一人を斬《き》り捨ててきた実績があるのだ。さながら時代劇の殺陣《たて》もかくやという勢いで。

となれば、彼女へ悪感情を持つ者がいたとしてもなんらおかしくはない。むしろ敵は作りやすいタイプなのだ。

かくいう俺も一人知っている。彼女によくない感情を抱く女子を……

「だっ……大丈夫でしょ！」

俺は一抹の不安を振り払うように、わざとらしく乾いた笑いをあげる。

「そりゃ佐藤さんに限った話じゃなくて誰しも人の好き嫌いはあるよ！　でも、佐藤さんを嫌っている人があえて佐藤さんに近付こうなんて、そうそうあるわけじゃないし……！」

「今まさに絡まれてるが」

「えっ？」

蓮が「ん」と顎《あご》で向こうを指す。言葉の意味が理解できないままそちらへ振り向くと——

一気に全身の血の気が引いた。

何故かと言えば、言葉の通り佐藤さんが絡まれていたからだ。

塩対応の佐藤さんへ悪感情を抱く人物、その筆頭——五十嵐《いがらし》澪《みお》に。

「佐藤さっ——!?」

「おいバカ颯太《そうた》なにしてんだ！」

咄嗟《とっさ》に立ち上がろうとしたところを、すかさず後ろから羽交い締めにされてしまった。

「いったん落ち着け！　座れ！」

「だ、だって蓮!?　あれ、あれ！　佐藤さんが……！」

俺たちの席は廊下側にあるため、佐藤さんの席からは遠く離れていて、二人がどんなやり取りをしているのかは分からない。

しかしただならぬ雰囲気だけはひしひしと感じられる。二人の対峙《たいじ》によって、心なしか教室全体の空気がピリついているようだ。

一刻も早く助けに入らなければと思うのだが……

「お前が出て行ってどうすんだよ!?　今割って入ってもむしろこじれるだけだろ！」

「で、でも……！」

「仲裁は何か事が起こってからの最終手段だ！　だから座れ！」

「うぐ……!?」

言葉に詰まる。文字通り、ぐうの音も出ないほどの正論だ。

俺は歯を食いしばりながら席に着き、もう一度佐藤《さとう》さんの方へと視線を送った。

願わくば、何も起こりませんように……！

♥

甘いものを食べると眠くなる。

それは血糖値の上昇が原因らしいとこの前ネットの記事で読んだ。だとすれば今私の中に込み上げてくる眠気は、さっきの柿大福によるものだと思う。

もちもちとした大福の食感と、羊羹《ようかん》みたいにねっとり甘い干し柿……思い出しただけで口の中が幸福に満たされる。いつか皆にも食べてもらいたいな……

なんてことを考えながら、自分の席で緩やかな眠気と戦っていると、

「――佐藤さん、ちょっといい？」

ふと頭上からそんな声がした。

初めは寝惚《ねぼ》けているだけかと思ったのだが――いる。

現実に、私の机の前に誰かが立って、こちらを見下ろしている。うとうとしていたせいで気付くのが遅れたが、途端に眠気なんか吹き飛んでしまった。

「……！」

は、話しかけられた……？　私が!?　勘違い……じゃない！　だって佐藤さんって言ってたしっ！　でも誰が……？

私は興奮を抑えながらゆっくりと見上げて、彼女の顔を確かめる。

――二度驚いた。

何故《なぜ》なら私に話しかけてきていたのは、あの五十嵐澪《いがらしみお》さんだったのだから！

「……五十嵐さん？」

「へえ？　私の名前、憶えててくれたんだ」

五十嵐さんが微笑《ほほえ》みを浮かべながら、謙遜してかそんなことを言う。

――そんなの、憶えているに決まっている！

演劇同好会会長の五十嵐澪さん！

恥ずかしい話だけれど私は、このクラスになってからというものずっと、ひそかに彼女へ憧《あこが》れを抱いていたのだから！

美人系の顔立ちにモデルさんみたいなスタイル！　そしていかにも自信に満ちた立ち振る舞い！

やっぱり自ら舞台に立って脚光を浴びる人は違うのだろう。私のような日陰者とはまるで正反対……むしろ私の方が彼女に存在を認識してもらえていたことを驚いているぐらいだもの！

でも、そんな彼女が相手だからこそ——かえっていつもより緊張してしまう。

「……何か用？」

憧《あこが》れの彼女に話しかけてもらったにも拘《かか》わらず、なんとか絞り出した台詞《せりふ》がそんな淡白なものだった時、自分自身にがっかりしてしまった。

何か用？　って！　もっと気の利いたことは言えないのか!?　私！

ほら、五十嵐《いがらし》さんだってちょっと困ってるじゃん！　ああもう私の馬鹿《ばか》……！

「た、大した用じゃないの」

でも、やっぱり五十嵐さんはすごい。

私のそっけない返事にも笑顔を崩さす、スムーズに会話を繋《つな》げてくれる。

「ほらこれ」

そして五十嵐さんは自らのスマホを取り出して、その画面をこちらへ向けてきた。いったい何だろうと画面を覗《のぞ》き込んでみて——三度目の驚き。

何故《なぜ》って五十嵐さんのスマホには、どういうわけか私のミンスタアカウントが表示されていたのだから！

「これ、佐藤《さとう》さんのアカウントよね？」

　五十嵐さんがふふふと笑う。

　一方で私の頭の中には、先ほど押尾《おしお》君に言われた言葉が何度も繰り返し再生されていた。

　――話しかけてくれるってことは、向こうもそれなりに佐藤さんに興味を持ってるってことだと思うし。

　……これはもしや、私は五十嵐さんに興味を持たれているのではないだろうか？

　わざわざ私のミンスタアカウントまで見つけて、話しかけに来てくれたのだ。あながち間違いではない気がする。押尾君の言ったことは正しかったんだ！

　いや、そんなことよりも……！

　――まずはその人と仲良くなることを目標に頑張るのがいいんじゃないかな？

　記憶の中の押尾君が、私に勇気をくれる。

　今の私はこれまでの私とは違う……このチャンスを逃すわけにはいかない！

　私は！　五十嵐さんと！　仲良く！　なるんだ！

「………」

　私は強い決心を胸に、恥ずかしさを押し殺して五十嵐さんの眼《め》をじいっと見つめた。「あなたの話を一言一句洩《も》らさず聴いていますよ」というアピールだ！

た。

押尾《おしお》君流コミュニケーションの心得その一、「相手の話をよく聞く」である！

私の友好的な態度が伝わったのだろうか、五十嵐《いがらし》さんは一瞬固まったのち、更に早口で続けた。

「い、意外だったわ、佐藤《さとう》さんってこういうの興味ないんだと思ってた」

「ふうん、そうなんだ」

すかさず心得その二！「相槌《あいづち》を打つ」！

この流れるように美しいコンビネーション技に、さすがの五十嵐さんも圧倒された様子だ。

私に思ったよりこみゅりょくがあったから驚いているのだろうか？　ふふふ、あとで押尾君に自慢しよう。

しかしそこはさすがコミュ強（コミュニケーション強者）五十嵐さん、私の怒濤《どとう》の攻撃（？）のあとにも、まだまだ笑顔で会話を広げてくる。

「この写真とかなに？　幽霊のコスプレ？」

「そうだけど」

「佐藤さんクラスとぜんぜんキャラ違うからびっくりしちゃった。お似合いだけどね」

「ありがと」

「も……もしかして佐藤さんって外だとはしゃぐタイプ？　アハハ……」

「そうかもね」

うわあ、五十嵐さん私の過去の投稿まで見てくれてるんだ……！

憧《あこが》れの人にミンスタを見てもらえていたことに感激しつつ、的確なタイミングで適宜相槌を挟んでいく。慣れると結構楽しい。これがコミュニケーション……！

しかし相槌を打つだけでは駄目だ！　こっちからも会話を広げなきゃ！

要するに心得その三！「会話の中から相手が興味のありそうなことを察して話題を広げる」！

更にそこへ五十嵐さんにも負けないぐらいの「笑顔」を加えて――

「五十嵐さんもミンスタに興味があるなら教えてあげるよ」

……決まった。完璧《かんぺき》に決まった。

これを受けた五十嵐さんは目を丸くして、たちまち言葉を失ってしまう。

いつもクラスでひとりぼっちだった私が、想像以上のコミュニケーション能力を発揮したために驚いているのかもしれない。

まぁ全部押尾君の受け売りなんだけど……ともかく、五十嵐さんはにこりと微笑《ほほえ》み、

「こ……今度、気が向いたらね」

最後にそんな言葉を残して、自分の席へ戻ってしまう。

なるほど、会話はただだらだらと続ければいいってわけじゃなくて、ちょうどいいところで切り上げるのも重要なんだ！

いや、今はそんなことよりもまず……！

「今度って……次のお喋《しゃべ》りの約束まで取りつけちゃった……！」

高校へ入学して以来初の快挙に、私は思わず身震いをする。

今までで一番会話が続いたし、さすがは押尾《おしお》君流コミュニケーション術！　これなら桜華祭《おうかさい》までに五十嵐《いがらし》さんと友達になれるかも!?

●

――私、五十嵐澪《みお》は今まさにハラワタが煮えくり返る思いだった。

こんなに腹が立っているのは生まれて初めてだ！

私はこれ見よがしに肩を怒らせてずんずん歩き、自分のシマへ戻ってくると、どすんと椅子《いす》に腰を下ろした。

シマを構成するうちの一人――つまり私の友達が、口をもぐもぐやりながら尋ねてくる。

「どったのみおみお?」

補足すると「みおみお」というのは私のあだ名だ。

ちなみに彼女のあだ名は「わさび」で、本名は丸山葵《まるやまあおい》。名字の「山」と名前の「葵」をくっつけて「山葵《わさび》」というわけ。演劇同好会のメンバーで、無造作に後ろでまとめたハーフアップのお団子ヘアがトレードマークだ。

その小さな身体《からだ》からは想像できないほどの大食いで、彼女の机の上には大量の菓子パンの空き袋が転がっている。それでもまだ食べ続けているのだから驚きだ。

そんな彼女に対して、私はようやく我慢していた心中を吐露する。

「バカにされた……っ！」

「誰に～？」

「佐藤《さとう》こはるに！」

思わず声が大きくなってしまうが、佐藤こはるの席まではそれなりに距離が離れているので、本人に聞かれる心配はない。

「具体的には？」

「ミンスタに興味があるなら教えてあげるって言われた！」

「親切なことで、教えてもらえばいいじゃん」

「そんなの皮肉に決まってるでしょ！」

今時ミンスタの使い方を知らない女子高生がいるもんか！　まして私がアカウント持ってないわけないでしょ!?　フォロワーも300人いるし！　クラスじゃ（たぶん）一番フォロワー多いし！

あああああっ！　思い出しただけで腹が立ってきた！

「本当にそうかなぁ」

間延びした声で言うのは「ひばっち」。本名は樋端温海《ひばたあつみ》といい、同じく演劇同好会のメンバーだ。

沖縄生まれの彼女は、よくも悪くもマイペースな性格。小柄で大食いなわさびとは正反対で、そこらの男子よりも恵まれた身長をしながら、そこらの女子よりも小さなお弁当箱からちまちまとおかずをつついている。

彼女の豊満な胸をかたちづくる栄養は一体どこから引っ張ってきているのか、これは永遠の謎《なぞ》であった。

「佐藤《さとう》さんも純粋に、好意で言ってくれただけかもしれないよぉ」

いつもはそのほんわかした発言で場を和ます彼女であるが、今はむしろ私の神経を逆なでするばかりだ。

「わさびもひばっちも佐藤こはると直接話してないからそういうこと言えるの！　あの目は完全に私を見下した目だったもん！」

まるでゴミか虫でも見るような、冷たくて無感動なあの眼差《まなざ》し！　あまりの迫力に一瞬怯《ひる》んでしまったのが悔しくてならない！

はなから会話などする気のない適当な返事ももちろんだが——なにより屈辱だったのは、最後に見せたあの嘲笑！

こっちの挑発なんて意にも介さず、「あなたのことなんて眼中にありませんよ」と言わんばかりに浮かべた、あの冷ややかな笑みだ！　間違いなく今夜夢に出てくるだろう！

「悔しいぃぃぃぃっ……！」

心からの叫びだった。

しかしわさびは「へー」と気の抜けた返事をしながらデザートのチョコバーを齧《かじ》っているし、ひばっちは食後のさんぴん茶を楽しんでいる。

薄情な親友たちだ……！

彼女らへ恨みがましい視線を向けていると、おもむろにわさびが言った。

「それで、みおみおはどうするのさ？」

「……どうするって？」

「要するに、ビビッて逃げてきちゃったわけじゃん。自分からちょっかいかけに行ったくせに」

「ウッ……」

「というか結局何がしたかったの？」

な、何がしたかったのって……

「そりゃあ、あの子が塩対応の佐藤《さとう》さんなんて呼ばれていい気になってるから、ここらへんでちょっと脅かして、出る杭《くい》を打っておこうかと……」

「うわっ、感じ悪い上にダサ～」

「……みおみお、そういうのよくないと思うよぉ」

「うううううるさいっ!!　言われなくてもうなんもしないわよ！　塩対応の佐藤さんなんてどうせ私には関係ないんだから！」

あんな悪目立ちする子、ほっといたってどっかで痛い目見るでしょ！　チヤホヤされるのも今のうちだけだし！　うん！

反応の悪い親友たちの代わりに、自分で自分に言い聞かせて納得する。

そして少しでも気分を紛らわそうと、スマホの画面を覗《のぞ》き込み……

「……へ？」

思わず間の抜けた声が漏れてしまった。

これを不思議に思ったわさびとひばっちは、机から身を乗り出し、スマホの画面を覗き込む。そして見た。通知欄にある〝佐藤こはるさんにフォローされました〟の一文を――

私たちは三人揃《そろ》って、弾《はじ》かれたように前列窓際の席に座る佐藤こはるの方へと振り向いた。

佐藤こはるはこちらを見て――笑っていた。

心胆寒からしめる、冷酷な微笑を浮かべながら――

「っ!?」

私たち三人は、やはり同時に彼女から目を逸《そ》らして、お互いに顔を見合わせる。初めに口を開いたのは、わさびだ。

「……みおみお、塩対応の佐藤《さとう》さんに目ェつけられちゃったんじゃないの～？」

「そ、そんなこと……」

「放課後呼び出し食らったりして」

わさびが冗談めかして言い、私は顔を青ざめさせた。まったく冗談に聞こえない。

あんな恐ろしい笑みを浮かべる女なら、本当にリンチぐらいやりかねないのではないか。

「みおみお、あれ完全に怒ってるよぉ……謝ってきた方がいいんじゃなぁい……？」

「ううう、うるさい！」

ひばっちの提案にかろうじてそう返すことができた自分を、今は褒《ほ》めてやりたい。

塩対応の佐藤さんに関わってしまったことを、すでにかなり後悔しつつある私であった。

♠

重ねてになるが、俺たちの席は廊下側にあり、佐藤さんの席からは遠く離れているため、二人の間にどんなやり取りがあったのかは知らない。

だからこそ、二人がなんらかの会話に一区切りをつけて別れた時、俺の口からそれはそれは大きな溜息《ためいき》が出た。言うまでもなく安堵《あんど》の溜息だ。

「はぁぁ～～～～～っ……！」

張り詰めた風船から空気が抜けて萎《しぼ》むように、溜息とともに全身から力が抜け、俺はへなへなと机に突っ伏す。

一分も経《た》たないうちに、何歳か老けてしまったような心地であった。

「おおい颯太《そうた》、大丈夫か」

「本当に、疲れた……」

蓮《れん》の問いかけに、死にそうな声で答える。

あんなにも緊張感のあるガールズトークは初めて見た。一体何度、教室のど真ん中で取っ組み合いの喧嘩《けんか》が始まるのではと肝を冷やしたことか。

まさしく一触即発――会話の内容は分からないが、ただならぬ雰囲気だけはひしひしと伝わってきた。何事もなく終わったのが奇跡に思われたほどだ。

「先が思いやられるな」と蓮が言う。俺も全く同意見であった。

「特に、絡んでたのが五十嵐《いがらし》ってのが怖い」

「……それも同意見」

あまり陰で人を悪く言うのは好きではないが、事実として、彼女は佐藤さんを明確に敵視している。このクラスでは周知の事実だ。

「アイツ、典型的な高飛車女だからなー、佐藤さんみたいに悪目立ちするタイプの女子なんか一番嫌いだろ。……呼び出しとか食らってたりして」

「やめろ！　これ以上俺の不安を煽《あお》るな！」

よりにもよって佐藤《さとう》さんが友達を作ろうと一念発起したこのタイミングになってどうして五十嵐《いがらし》さんが！

佐藤さんは大丈夫だろうか？　心ない言葉をかけられて、傷ついたりしていないだろうか……!?　ああ……心配で胃が痛くなってきたっ……！

キリキリと痛む胃を押さえて、背中を丸める……すると、ふいにスマホへ通知が来た。

少しでも気分を紛らわそうと思ってこれを手に取ってみると……

「へ？」

思わず、間の抜けた声が漏れる。

これを聞いた蓮《れん》が、無遠慮にスマホの画面を覗《のぞ》きこんできて、「へえ」と感嘆の声をあげた。

噂《うわさ》をすればなんとやら――佐藤さんから、ＭＩＮＥ《マイン》のメッセージが届いていたのだ。

〝押尾《おしお》君！〟

〝私うまくやれそうかも！〟

〝(右前脚を天に突き上げるポメラニアンのスタンプ)〟

「よかったな颯太《そうた》、うまくやれそうだってよ」

「なにが……？」

そこはかとない不安を感じて、佐藤さんの方へ目をやる。彼女は次の授業の準備に取りかかっており、こちらの視線には気付いていないようだ。

胃のキリキリは、ひどくなる一方であった……

●

開催時期は、九月の下旬。

各学年、各クラスがあらゆる形での文化的成果を発表する場であり、例年学外からも非常に多くのお客さんが集まる——それが桜華祭《おうかさい》だ。

まぁ桜華祭なんて大層な名前がついているけれど、言ってしまえばただの文化祭。何か特別なことをやるわけでもない。どこの学校にでもある、ごく普通の学校行事だ。

ステージの上で合奏やら合唱やらをやり、文化部は制作物を並べ、そして各クラスが教室を使って、なんらかの模擬店を出店する。

ごく普通で、ごく一般的、ごく当たり前の文化祭——

——そして今、我らが2のAでも、どこの学校でもありがちな光景が広がっていた。

「……他には、誰か意見ある？」

私、五十嵐澪《みお》は疲れ切った声で教壇からクラスのみんなへ問いかける。

ある者は腕組みをして、ある者は目を瞑《つむ》って、ある者は「むむむ」なんてもっともらしく唸《うな》ってはいるけれど……誰一人として真面目に考えていないのは、雰囲気から丸わかりだった。

……案の定、これだ。

私は溜息《ためいき》を一つ吐《つ》いて、ちらと黒板を見た。

そこには「お化け屋敷」「喫茶店」「クイズ大会」「ホストクラブ」「タピオカショップ」などの単語が、無造作に書き連ねられている。

もうお分かりいただけただろう。ただいま我らが2のAは、桜華祭《おうかさい》での模擬店を決める議論の真っ最中なのだ。

そしておそらく世間一般の文化祭の例に漏れず――議論は絶賛難航中である。

「誰か意見はー……？」

再度呼びかけるが、みんな「うんうん」と唸るばかりで一向に発言してくれる気配がない。

各々が模擬店の案を出すまでは良かったのだが、いざどれをやるか決める段になったら、たちまち皆が「考えるフリ」を始めてしまった。

……ご存じの通り、誰も責任を負いたくないのだ。

みんな必死で難しい顔を作っているけれど、「文化祭の模擬店なんてぶっちゃけどうでもいい、でもとりあえずさっさと決まってほしい、だから誰か進行してくれ」という考えが透けて見える。

そりゃあ私だって模擬店にさしたる興味はない。

どうせ何やったってそれなりに盛り上がるんだ。だったら模擬店なんてテキトーに決めてしまって、今すぐ演劇の練習へ行きたい。

まったく学級委員長なんて損な役回りだと、つくづく思う。

「……意見がないようなら多数決にするけどー？」

結局、これが一番早いか。

みんなは「うんうん」唸るばかりで、特に異議を申し立ててくる気配はない。これは肯定の「うんうん」だ。

……唸り声だけで意思疎通を図るなんて、ずいぶんとハイコンテクストな方々ですこと。

心の中だけで毒づいて、渋々みんなから採決をとろうとしたところ――

「――はい」

教室のいたるところから聞こえる濁った「うんうん」ではない。どこまでも透き通った声がした。

これにはみんなぴたりと唸るのをやめ、一斉に声のした方へ振り返る。そして見た。

この嘘《うそ》まみれの教室で、我こそが唯一「真実」なのだと主張するように、美しく屹立《きつりつ》する白い腕を――

分かりやすく言えば、佐藤《さとう》こはるが挙手をしていた。

初めは誰もがその光景を理解できず固まったが、少しの間を置いて、教室中から分かりやすくどよめきが起こる。

いつも教室の隅で氷の彫像みたいな顔をしている、あの塩対応の佐藤《さとう》さんが、自ら挙手？

誰もが説明を求めて押尾颯太《おしおそうた》の下へと視線を集めていたが……当の本人はあんぐりと口を開けて固まっている。これは彼にとっても想定外の行動のようであった。

ともかく、このままではマズイ。

私は無理やり笑顔を作って、口を開く。

「さ、佐藤さん……何かいいアイデアでも……？」

恐る恐る尋ねると、再びクラスメイトたちの視線が彼女の下へと集まった。

クラスメイト全員の注目を一身に集め、彼女はゆっくりと立ち上がる。誰も彼もが、彼女の一挙一動を見逃すまいとしていた。

そんな中、彼女はゆっくりと口を開いて――

「――コスプレ喫茶がいいと思います」

針の落ちる音さえ聞こえるのではないかというぐらい、教室全体が静まり返った。

……こ、コスプレ喫茶……？　コスプレ喫茶と言ったのか……？　彼女が？　ほかでもない「塩対応の佐藤さん」が？　いやなんで？　本当になんで？　コスプレ喫茶なんて候補にすら上がってないのに――

「ええと……」

佐藤こはるは何を考えている？　冗談なのか本気なのか、どういう反応をするのが正解なのかも分からない。

よもやこのまま、教室の時間は永遠に止まったまま動き出さないのではないかと思われた頃
――おもむろに押尾颯太が立ち上がり、静寂を打ち破った。

ぱちぱちぱち！　と拍手をしながら。

「――こっ、コスプレ喫茶っ!!　いいよね!?　いかにもお祭りって感じだあ！　さすが佐藤さんだなぁ!?」

びっくりするぐらい、棒読みだった。

しかもこの位置からでも分かるぐらい顔中からだらだらと変な汗を流している。

だ、大丈夫なのかその汗……？

「いやぁ……ホントに……とっ、とにかくいいアイデアだと思う!!　なあ蓮《れん》！　蓮もそう思うよな!?」

「なっ!?　そ、颯太テメっ……!?」

この妙な空気感の中、いきなり話を振られた三園《みその》蓮が一瞬彼を非難するような表情を見せたが、すぐに立ち上がってぱちぱちぱち！　と拍手を打ち鳴らす。

二人揃《そろ》ってスタンディング・オベーション。

「あ、ああ！　いいと思うぜ!!　コスプレなんてこういう時ぐらいしかできないしな!?　颯太《そうた》だって佐藤《さとう》さんのコスプレ見たいよな!?」

「そ、そりゃあもう！」

「皆も見たいよな!?　佐藤さんのコスプレ！」

びっくりするぐらい、三文芝居だった。

静まり返った教室に響く拍手の音が、いやにむなしい。

しかし結果的には彼らに助けられたかたちになる。二人の茶番が功を奏して、皆が正気を取り戻したのだ。

「……佐藤さんのコスプレ？」「コスプレしてくれんの？　佐藤さんが？」「えっ、それヤバくね？　相当レアじゃね？」「てかもうそれでいいじゃん」「私もそれでいいと思う！」

ぽつりぽつりと声が上がり始めて、やがて2のAの総意は「コスプレ喫茶」で固まりつつあった。

いい加減、皆も長すぎる会議に飽き飽きしていたのだろう。図らずも佐藤こはるが口火を切ったかたちとなる。

……いや、もしかして佐藤こはるは初めからそのつもりで……？

自らが発言することで停滞したクラスの雰囲気を変えようとしたのか？　いや、まさか、あの「塩対応の佐藤さん」がそんな……でも。

私は彼女の真意を確かめようと、ちらりと彼女を見る。

佐藤こはるは――

「……」

――殺意すら感じさせるすさまじい眼力で、まっすぐにこちらを睨《にら》みつけていた。

「っ……!?」

私は咄嗟《とっさ》に目を逸《そ》らす。

ち、違うっ!?　そんな殊勝な心がけじゃないわこれ！　視線だけで殺されるかと思った!!

だったら佐藤こはるはどうしてあの場面でコスプレ喫茶なんて提案して……!?

と、ここまで考えたところで、私は昼休みの自らの発言を思い返す。

――この写真とかなに？　幽霊のコスプレ？

まさかこれは当てつけ!?　私が佐藤こはるのコスプレを馬鹿《ばか》にしたから!?　それに対する意趣返しか!?　いや、そうに違いない！

クラスの盛り上がりとは反して、一気に背筋が寒くなった。

も、もう嫌だ。心臓が持たない……！

「じゃ、じゃあコスプレ喫茶をやるとして、コンセプトを決めないとね！」

こんな会議、さっさと切り上げなくては……

私はその一心でなんとか議論をまとめにかかる。すると……

「はいっ！」

またも誰かが元気な挙手をした。

今度はなんだと思ったら、手を挙げていたのは丸山葵《まるやまあおい》――わさびであった。

「わさ……丸山さん、何か意見でも？」

「私に良い考えがある！」

彼女はぴーんと手を伸ばしたまま、やけにいい笑顔を浮かべながら言った。こういう顔をしている時のわさびは、何かを企んでいるのが常だ。

「……どうぞ？」

私が言うと、わさびはこれまた勢いよく席を立ち、クラス全体に向けて語り出した。

「コスプレ喫茶っていうけどさ！　どーせみんな頭の中で考えてるのはメイド一択でしょ!?」

藪《やぶ》から棒に、いったい何を言い出すのか。

そう思ったが、クラスメイトのうち何人か（主に男子連中）がどきりと肩を跳ねさせた。図星なのだろう。わさびはここぞとばかりにまくし立てる。

「ぶっちゃけありきたりすぎ！　ていうか去年もメイド喫茶やってるクラスあったし！　それに女の子ばっかり恥ずかしい格好させられてフェアじゃないよね!?　男子もメイド服着るのか!?　着ないでしょ！　男女平等の世の中ですよ今は！　そういうの流行《はや》らない流行らない！そんな時代錯誤、親御さんたちもいい顔しないよ！」

我が親友ながら、そのあまりの饒舌《じょうぜつ》っぷりには閉口せざるを得ない。

よくもまぁ佐藤《さとう》こはるの衝撃発言の直後に、そこまで口が回るものだ。

クラスメイトたちもさすがに圧倒されているが、その一方で一部の女子は「まぁ、言われてみれば……？」という感じの反応を見せている。

これを好機と見たのか、わさびはいっそう声高らかに唱えた。

「だったらさぁ！　私たちはがっつり流行りに乗ってみようよ！　題して——異世界喫茶！」

「……異世界喫茶？」

クラスに、佐藤こはるの時とはまた別種のざわめきが起こった。

「どういう意味？」「イセカイ系って聞いたことある」「あー、そういうの流行ってるよね」「俺知ってるよ」「マンガワンで読んでる」

このざわめきが収まるのも待たず、わさびは得意げに続けた。

「ま、要するにファンタジーですよ。店員みんながファンタジーな格好をしたコスプレ喫茶。これなら男女差もないし、分かりやすくていいでしょ」

「ちょ、ちょっと待ってよ！　よく分からないけどファンタジーな格好って具体的には？」

「ファンタジーっぽい格好ならなんでも！　時代考証なんてこの際どうでもよくって、魔法使いでも吸血鬼でも、とにかく各々がそれっぽい仮装をして接客する！　ハロウィンの延長みたいなもんだよね」

異世界、という耳馴染《なじ》みのない単語にイマイチしっくりきていなかった私だが「ハロウィン」のたとえで一気に分かりやすくなった。他の皆もそうなのだろう、ところどころから「ああ、なるほど」という声が上がり始める。

むしろ私たちみたいな地方民は都会の仮装パーティーじみたハロウィンに対してある種の憧《あこが》れを抱いているため、一気に皆の心が傾いた印象さえある。

「これなら絶対に他とかぶらないいし、なおかつコスプレの選択肢も広がるってワケ！　メイド服一択よりずっと自由度があって、コンセプトも分かりやすい、ついでに手間もかからなくていいことずくめだと思うけど？」

「それなら、まあ……」

「――いいと思う人、挙手！」

司会の私を差し置いて、もはや議論の主導権は完全にわさびが握ってしまっていた。

そしてわさびが作り上げたこの空気の中で、反対意見を述べられるぐらい信念を持っている者は、残念ながらこのクラスにはいなかった。

当然のごとく賛成多数。全てはわさびの思惑通り。

桜華祭《おうかさい》での2のAの模擬店が「異世界喫茶」に決まった瞬間であった。

その日の放課後。

すっかり憔悴《しょうすい》しきってしまった俺が、蓮《れん》から「お前マジでふざけんなよ今度ラーメン奢《おご》れ」と脇腹《わきばら》を小突かれていた時のことだ。

蓮に小突かれながら帰り支度を進めていると、疲れ果てた俺たちとは対照的に、やたら上機嫌な佐藤《さとう》さんがやってきて、言った。

「押尾《おしお》君！　このあと一緒にフタバ行かない!?」

ちなみにフタバというのは全国にチェーン展開するコーヒーショップ、フタバコーヒーの略称だ。学校から徒歩5分という距離感もあって、平日の夕方はもっぱら桜庭《さくらば》高生のたまり場となっている。

佐藤さんから誘われるのは珍しい。

当然、俺はこれを二つ返事で了承して――今、俺と佐藤さんはフタバのテーブル席に向かい合って座っている。

ちなみに本日いただくのはこちら、グリーンアップルヨーグルトスムージー。

グリーンアップルとヨーグルトのスムージーに、たっぷりのホイップクリームがのって、そこへ薄く切った青りんごがトッピングされている、フタバ名物のいわゆる「デザートドリンク」というやつだ。

鮮やかな緑色のスムージーと純白のホイップクリームの対比がいかにもフォトジェニックだ。そしてなにより青りんごとヨーグルトの優しい酸味が、疲れた身体《からだ》に沁《し》みる。

そんな風に俺が、専用の太いストローを使ってスムージーをしみじみと味わう一方で……

「うーん……引き、これは引きで撮った方がいいのかな……？　ううん、接写……シズル感……」

スマートフォンを構えた佐藤《さとう》さんは、ディスプレイ越しに自分の分のドリンク──レッドアップルヨーグルトスムージー──とにらめっこをしている。

この光景も見慣れたものだ。

そういえば初めて佐藤さんと話すことになったあの日も、彼女はこんな風にどうしたら映《ば》える写真が撮れるものかと四苦八苦していたっけ。

あの頃と比べれば彼女の撮影技術は格段に……向上したわけではないが、しかしカップにプリントされたお店のロゴをちゃんと映そうとしているところは、小さいけれど確かな進歩だ。

ともあれ、上体を前後左右に揺らしながら「あーでもない、こーでもない」と繰り返す彼女を眺めているのはそれなりに楽しいが、佐藤さんには一つ聞きたいことがある。

「聞いてもいいかな」

「なあに押尾《おしお》君？」

「……どうしてコスプレ喫茶だったの？」

そう、俺の疑問とはほかでもない。さっきの模擬店で何をやるか決める話し合いで、どうして佐藤さんが「コスプレ喫茶」を提案したのか、ということだ。

ご存じの通り佐藤さんは極度の人見知りだ。

間違っても自分から「コスプレをしたい」なんて言い出すタイプではないし、そもそも皆の前で挙手をして発言するタイプでもない。では何故《なぜ》、そう思っての問いかけだったのだが……

「よくぞ聞いてくれました！」

佐藤さんはそう言うなり、ふすんふすんと鼻を鳴らしだした。自慢げに胸も張って、少しだけ目のやり場に困る。

「押尾君、私やっぱり夏休みのバイトでコミュ力が上がったみたい」

「はぁ……その心は」

「私、五十嵐《いがらし》さんと友達になれる気がする！」

「ごっふっ！　げほっ、げほっ！」

「押尾君!?」

めちゃくちゃむせた。

青りんごの優しい酸味がたちまち反旗を翻して、鼻の奥がつーんとなる。

なんか最近むせてばっかだな、俺！

「げほっ……？　い、五十嵐さんと友達に？」

「そ……そうだよ？　というか押尾《おしお》君大丈夫なの？」

「なんで五十嵐《いがらし》さんなの……？」

よりにもよって、という言葉が喉《のど》まで出かけたが、すんでで呑《の》み込んだ。

すると、佐藤《さとう》さんは今日一番いい笑顔を作って、

「ほら、押尾君言ってくれたでしょ！　一番最初に話しかけてくれた人と仲良くなれるよう努力するといいって！　五十嵐さん、昼休み中にわざわざ私に話しかけに来てくれたんだよ！」

「あ……っ!?」

思わず声が出た。こう言ってはなんだが完全に忘れていたのだ。しかし確かにその発言には覚えがある。

じゃあなんだ!?　佐藤さんは俺の提案通り、一番最初に話しかけにきた五十嵐さんと友達になろうとしているのか!?　よりにもよって佐藤さんを敵視するあの五十嵐澪《みお》と――!?

蓮《れん》の忠告の意味が今なら痛いほどわかる……

しかしこちらの後悔など気付いてもいないようで、佐藤さんは目をきらきらと輝かせながら続けた。

「五十嵐さんって優しいんだね！　わざわざ私のミンスタのアカウントまで見つけて、話しかけに来てくれたんだよ！」

話しかける、というよりあれは一方的に絡まれているだけに見えたが……

「初めは私にミンスタのやり方を聞きに来たのかと思ったんだけど……」

あの写真を見て、佐藤さんにミンスタのやり方を聞きに来る人はいないと思う……

「……ほら見て！　五十嵐さんのミンスタアカウント見つけちゃったんだ！　フォロワー300人だって！　すごいよね！　私も話しやすいようにミンスタをとっかかりにしてくれたのかなぁ、フォローはまだ返してくれてないみたいだけど……」

……もはやツッコむ気力すらなかった。

佐藤さんは父親――佐藤和玄《かずはる》さんの血の滲《にじ》むような努力の甲斐《かい》もあって、相当な箱入り娘だ。人の悪意にはとりわけ鈍感である。

しかし、それにしたってこれは……好意的にとりすぎだ！

「そ……それで結局どうしてコスプレ喫茶を？」

「あ、そうそう！　なんか五十嵐さんコスプレに興味あるらしいよ！」

「……本当に？」

「うん！　だって私がお化け屋敷でバイトした時の写真見て興味津々だったもん！　意外だよね～」

「そ、そうなんだ」

……得体のしれない不安感に胃がキリキリいいだした。

やめよう、これ以上詮索《せんさく》するのは……

「佐藤《さとう》さん、その……ええと、慎重に頑張ってね」

「？　わかった！」

どうもあんまり分かった風ではなかったが、ともかく返事だけは最近で一番元気が良かった。そこがかえって不安要素なのだが……これ以上は気にしたってしょうがない、俺の胃腸のためにも。

俺はしくしく泣き出す胃腸を労《ねぎら》うように、再びストローへ口をつけようとする。すると……

「……あのね押尾《おしお》君」

「うん？」

「実は私も押尾君に一つ聞きたいことがあって……」

聞きたいこと？　なんだろう。

佐藤さんはなにやらソワソワと落ち着かない様子だ。

あまりにもかしこまった風なので、いったい何を言い出すのだろうと内心ドキドキしていたら、彼女は俯《うつむ》きがちにぼそりと、

「そ、その……、押尾君、私のコスプレが見たいって言ったよね……？」

「えっ」

そんな変態チックなこと言ったっけ――と口から出かけて、慌てて止めた。

言ったかもしれない。

佐藤さんのコスプレ喫茶発言の直後、咄嗟《とっさ》に彼女をフォローしようとして、そんな台詞《せりふ》を口にしたような気もする。なにぶん必死だったせいで記憶が定かじゃないけど……

「……あれって、ホント？」

佐藤さんが上目遣いに尋ねてくる。

……もしかして、そんな俺の一言を今までずっと気にしていたのだろうか。

うわなんだそれ？　可愛《かわい》い、ヤバい。

一瞬口角が上がりかけたが、なんとか気合いで押さえつけた。

危ない！　俺は佐藤さんのカレシとしての威厳を保つんだ！

「うん、見たいよ佐藤さんのコスプレ」

「そ、そっか……」

「異世界喫茶だっけ？　俺も詳しいわけじゃないけど確かファンタジーっぽい服だったよね、佐藤さんがどんな仮装をするのか楽しみだよ」

できる限り自然に答える。こういうのは恥ずかしがった方の負けだ。

かえって変態度が増したような気がしないでもないが、佐藤さんが耐え切れなくなって顔を伏せたので俺の勝ち。なんの勝負かは知らない。

「そ、そっかー……楽しみなんだー……」

佐藤さんは言いながら頬《ほお》を赤らめる。やっぱりまだ彼女の恥じらいの方が強いらしい。ギリギリの戦いだったが、俺のカレシとしての威厳は守られた。ああ、よかったよかった。

「……私のコスプレが……そっかー……」

たちどころに頰《ほお》の赤みが強くなり、耳の先まで朱に染まる。見ると、両手でぎゅっとスカートの裾《すそ》を握りしめており、視線はほとんど真下まで下がって……

……ん？　なんか余韻長くない？

「おしおくんが……コスプレを……」

赤面も極まって、いよいよぽしゅぽしゅと蒸気まで噴きそうな勢いだ。声も小刻みに震えている。

ちょ、ちょっと待って？

「佐藤《さとう》さん？」

「こすぷれ……」

「ねえ佐藤さん!?　声聞こえてる!?」

「押尾《おしお》君がどうしてもって言うなら、が、頑張ってみる……か、かか、カノジョだし……」

「いや佐藤さん!?　その恥ずかしがり方絶対変なこと考えてるでしょ！　ソフト！　ソフトなコスプレだから！」

「……でっ……できればその……肩は隠れるやつがいいな……っ！」

「ちょっと泣いちゃってるじゃん！　そこまで求めてないから！　肩以外も隠していいから!!

佐藤さん!?」

際限なく妄想を逞《たくま》しくする佐藤さんを、なんとかこちらの世界へ呼び戻す。

その際、周りのお客さんや店員さんから相当不審がられてしまい、今度は俺の顔面が茹《ゆ》でダコみたく真っ赤になってしまった。

まさかの逆転負け、もう二度とこの店来られない……！

……それはそれとして佐藤さん、どんなコスプレを想像してたんだろう……

これだけ恥ずかしい目に遭っておきながら、当然のようにそんなことを考えてしまう自分のあまりのアホさ加減にちょっとだけ自己嫌悪に陥った。俺の完封負けである。

●

「疲れた……」

私——五十嵐澪《いがらしみお》は、フタバのテーブル席でマリアナ海溝よりも深い溜息《ためいき》を吐き出した。完全に憔悴《しょうすい》しきっていた。わざわざ放課後の練習前に抜け出してきて飲むお気に入りのほうじ茶ラテも、この疲れを完全に癒《い》やすには至らない。

疲れた、本当に……ここ数年で一番疲れたといっても過言ではない……

それというのも……

「佐藤《さとう》こはる……許せない、コスプレ喫茶なんて絶対に私への当てつけよ……なんて性格の悪い女……」

「みおみおがそれを言うか」

茶々を入れてきたのは、隣の席に座るわさびだ。

もはや原形がわからなくなるぐらいごてごてにカスタマイズされた特大のチョコレートドリンクを飲みながら、更に続ける。

「いーかげん佐藤さんに謝ったら？　それで丸く収まるでしょ」

「それはイヤ！」

即答する。いくら皮肉屋のわさびと言えど、その発言は看過できなかった。

「みおみお、佐藤さんから何かされたのぉ？」

間延びした声で尋ねてくるのはひばっちだ。ショートサイズのレッドアップルヨーグルトスムージーを、大事そうにちびちび飲んでいる。

それはそれとして……今、彼女は「何かされたの？」と言ったのか？

――ええ、されましたとも！　聞かれたならば答えましょうとも！

「私がちょっといいなと思ってたイケメンが、佐藤こはるにこっぴどくフラれたの！」

確か「そもそも私、あなたとそんなに仲良くない」だったか！

彼をフッた時の佐藤こはるの一言は、「塩対応の佐藤さん」の伝説的なエピソードとして語り継がれるほどだ！　お高く留まっちゃって！　ああ、思い出しただけでイライラする！

しかし、二人の反応は至極冷ややかだ。

「えっとぉ……それは佐藤さん関係なくないかなぁ……？」

「というかむしろそのイケメン君が佐藤さんにフラれて良かったじゃん、狙《ねら》ってたんでしょ？」

「違う！　全然わかってない！　だってソイツ、あろうことか佐藤こはるにフラれた直後、私に告ってきたのよ!?　言うに事欠いて『俺に気があるんでしょ？』だって！　私をキープ扱い!?　こっちから願い下げよ！　許さないわ佐藤こはる！」

「ガチ逆恨みじゃん」

「逆恨みじゃないわよ！　そのせいで私には今もカレシがいないんだから！」

「それは百パーみおみおの性根が腐ってるせいだね。そんなんだから顔もスタイルもいいのにモテないんじゃない？」

「ありがとう！」

「どうやら都合のいい部分しか聞こえなかったらしい」

わさびはテーブルから身を乗り出して、わざとらしく私に聞こえるようにひばっちへ耳打ちをしていた。

性格の悪さだったらアンタだっていい勝負じゃん！

「――ともかく私は佐藤こはるが嫌いなの！」

私は声を荒らげて、カップの底をテーブルへ叩《たた》きつけた。怒り心頭、怒髪天だ。

「なーにが塩対応の佐藤《さとう》さんよ！　ただ不愛想なだけじゃない！　ちょっと顔がいいぐらいで……私はね！　そういう努力もしないくせに注目されるヤツが一番嫌いなの！」

「み、みおみお？　そのぉ、そういうこと言うのはやめた方が……」

「別にいいじゃない！　誰に聞かれてるわけでもなし……」

と、ここまで言いかけて異変に気付いた。

テーブルを挟んで対面に座るひばっちが妙に「あわあわ」していた。しかもその視線は、よく見れば私とわさびの後方へ向けられていて……

「……？」

私とわさびは、ほとんど同時に背後へ振り返って、そして見る。

――二つ後ろのテーブルに向かい合って着席する、佐藤こはると押尾颯太《おしおそうた》の姿を。

「っ!?」

私は咄嗟《とっさ》に身を低くする。彼女に見つからないためにやったことだが、かえって目立ってしまっていることに気付けるほど冷静ではなかった。

一方でわさびはストローを口に咥《くわ》えたまま、実に呑気《のんき》な調子である。

「おおっ、噂《うわさ》をすればなんとやら、やっぱここ桜庭《さくらば》高生多いね～」

「(ば、バカ！　気付かれたらどうすんの!?　というかひばっち！　なんで早めに教えてくれなかったのよ!?)」

「だってみおみおがなかなか喋《しゃべ》らせてくれなかったしぃ……」

ひばっちはいじけたように言って、大きな胸の前で両手の指をこねくり回す。

ごめん！　それに関してはさすがに私が悪いです！

――しかし、幸いにも彼女らにこの会話を聞かれた様子はない。

会話の内容以前に、そもそもこちらの存在に気付いていないようだ。

その証拠にほら、佐藤こはるは向こうのテーブルで楽しそうに押尾颯太と談笑しているわけで……

「なんか佐藤さん、教室での印象と違うね、すごく楽しそう」

おそらく私たち全員の気持ちを、わさびが代弁してくれた。

そう、こうして遠目に見る佐藤こはるはすごく自然に笑う。学校では「塩対応の佐藤さん」と呼ばれているのが、まるで嘘《うそ》のように。

「……やっぱり付き合ってるんだよねぇ、あの二人」

今度はひばっちが代弁する番だ。

佐藤こはると押尾颯太は付き合っている――それは公然の噂となっていた。

噂、そう噂だ。

何故《なぜ》事実ではなく噂どまりなのかと言うと、押尾颯太本人が暗に交際を認めてなお、それを信じていない者が大半を占めているせいだ。かくいう私もその一人である。

あの佐藤《さとう》こはるが誰かと付き合った？　にわかには信じられない。

あんな悪目立ちする子がよくも悪くも普通——ウソ、ぶっちゃけ負け惜しみ、クラスではそこそこイケてる方——な、押尾颯太《おしおそうた》と付き合うだなんて。

……でも、あんな表情を見せられたら納得せざるを得ない。

「付き合ってるでしょ、あれはど——見ても。ふん、教室じゃ澄まし顔のくせにカレシの前ではかわい子ぶっちゃって……」

「誰だって好きな相手と二人の時はかわいこぶるでしょ、普通」

私はムッと顔をしかめた。

今まで一度でも誰かと付き合ったことなんてないくせに、どうして正論ばかり吐くのだ、この子は。

親友なんだから少しぐらい話合わせてくれたっていいじゃん！

「で、でも押尾君も趣味悪いわよね〜、まさか相手が塩対応の佐藤さんなんて。しょせん顔がよければなんでもいいってことなのかしら……」

「ば、バカバカバカ！　やめなよみおみお!!」

腹いせにそんなことを言ってみたら、それまで余裕をかましていたわさびが珍しく慌てた様子で私の言葉を遮る。

「な、なによ……向こうには聞こえてないでしょ？」

「バカみお！　そうじゃなくて……」

わさびはその言葉の続きをアイコンタクトで伝えてくる。

なに？　ひばっち？　ひばっちがどうしたって……

私は彼女のアイコンタクトに従い、ひばっちの方へ目をやって……ぎょっとした。どういうわけかひばっちがひどく悲しげな顔をしていたのだ。

意味不明な状況に戸惑っていると、すかさずわさびが耳打ちをしてくる。

「(ひばっちは押尾君のこと好きだったんだよ！　ちょっと見てれば分かるだろバカみお！)」

「ウソ!?」

全然気付かなかったんだけど!?　いや、ひばっちは優男がタイプってのは知ってたけど……じゃあ私今、親友の好きだった人を……

全身から嫌な汗が止まらなくなり、あまりの気まずさに耐えかねて彼女らへ呼びかける。

「そっ、そろそろ学校に戻ろっか!?　桜華祭《おうかさい》も近いんだし、演劇の練習しなきゃ！」

「はぁ……りょーかい、ほらひばっち、いくよ」

「……うん」

そういうわけで、私たち三人はそそくさとフタバを後にする。

幸い、あの二人には気付かれなかったが……学校へ戻る道中、あからさまに元気のなくなったひばっちを見ると、罪悪感から変な汗が止まらなかった。

わさびもずーっと「この空気なんとかしろよ」みたいな目で睨《にら》んでくるし……うう。

「あっ！　そ、そーいえばわさび！　なんであの時あんな提案したの!?」

わさびがあからさまに「人任せかよ」みたいな顔をしていたけれど、しょうがないでしょ。

「……あんな提案って？」

「ほら、異世界喫茶」

苦し紛れの質問とはいえ、疑問に思っていたのはホントだ。

あの時はわさびの勢いに負けて半ば強引に納得させられてしまったが……改めて考えると色々と違和感がある。彼女はどうして異世界喫茶なんて……

「あ――言ってなかったっけ？　ほら、次の桜華祭《おうかさい》で私たち演劇同好会が演《や》るのっていばら姫でしょ？」

「……？　そうだけど、それとなんの関係が？」

「いやほら、コスプレ衣装と舞台衣装、兼用できてお得じゃん」

「はっ？」「えっ？」

私は思わず足を止めてわさびを見た。ひばっちも同様だ。しかし当の本人は小首を傾《かし》げてきょとんとしている。

「どったの、二人とも」

「……わさび、まさかあそこで異世界喫茶を提案したのって……」

「そりゃ私たちが桜華祭当日、わざわざ舞台衣装に着替える手間を減らすためですがな。まぁ私は舞台には上がらないから、手間が減るのはみおみおとひばっちの二人だけど」

彼女が悪びれる様子もなくあっけらかんと言うので、私は丸山葵《まるやまあおい》という女に感心を通り越して恐怖さえ抱いてしまった。

「わ、私たちの着替えの手間を減らすためだけにクラスメイト全員を騙《だま》したの!?」

「それだけじゃないよ。コスプレには桜華祭のクラス予算が使えるから衣装代が浮く。部活と違って同好会には予算下りないかんね～」

な、なんて抜け目のない……！

ひばっちなんて驚きのあまりに言葉を失っているじゃないか！

「それに騙したなんて人聞きの悪い、だって嘘《うそ》は言ってないも一ん。ま、タイミングはちょっと狙《ねら》ったけどね～、佐藤《さとう》さんのコスプレ喫茶発言の直後なら多少メチャクチャな理屈でも通ると踏んだってワケ」

「あ、呆《あき》れた……クラスのみんなが呆《ほう》けてる間にそんなこと考えてたの……？」

「そりゃなんたって未来の文豪ですから、ストーリーテリングはお手のものよ」

わさびが悪戯《いたずら》っぽく「ニシシ」と笑う。

親友ながら本当に計算高いというか、腹黒いというか……

「……わさび、あんた当日は魔女の格好してきなさいよ、お似合いだから」

「えー、私異端審問官とかが良かったんだけど〜」

「私はメイド服がいいなぁ」

「ひばっちはいばら姫を助ける王子様役でしょ！　というかメイド喫茶は却下されたじゃん！」

「えぇー……メイド服着てみたかったのにぃ」

不満げに唇を尖《とが》らせるひばっちと、それを笑うわさび。

……良かった、どうやらひばっちも元気になったみたいだ。結局は全部、わさびに助けられた形になる。

「私たちのためにありがとうねわさび」

「ん、くるしゅうない。私も絶対に演劇を成功させたいからね」

「……うん」

そうだ。私たち演劇同好会は桜華祭《おうかさい》でしくじるわけにはいかない。

桜庭《さくらば》高校において、同好会が部として認められるには最低でも五人の部員が必要となる。つまり私とわさびとひばっちの他にあと二人、新規の部員を獲得しなくてはいけない。

その場限りの人数合わせでは駄目だ。心から演劇を楽しみ、私たちと一緒に舞台を演じたいと思ってくれる人——桜華祭での演劇は、そんな人たちに訴えかけられる一年に一度のチャンスなのだ。

わさびがその弁舌を振るい、クラスメイトたちを欺いてまで活路を開いてくれた。だったら会長である私は、自信をもってこう宣言しなくてはならない。

「演劇は絶対に成功させる」

そして必ずや部員を集め、演劇同好会を部へ昇格させてみせる。

それこそが、会長としての私の責任なのだから。

一枚目　わさびとひばっち

昨日、模擬店の内容が決まった以上、桜華祭《おうかさい》までの期間中は毎日の放課後がクラス総出での準備にあてられる。

喫茶メニューの考案に、ポスター制作、内装デザインなど……やることは山積みだ。

クラスの皆が手分けをして取りかからなければ、到底間に合う量じゃない。

当然学級委員長である私も例外ではなく、今は床に四つん這《ば》いになって茶色の画用紙——壁に貼り付けてレンガ造りを表現する——をカッターで切り分ける作業の真っ最中だ。

真っ最中、なのだが……

「……」

私はカッターの刃先が震えないよう細心の注意を払いながら、同時に視界の隅に映る彼女を最大限警戒する。

——言わずもがな佐藤《さとう》こはる。

どういうわけか、すぐ傍《そば》にしゃがみこんだ佐藤こはるが、私の顔をじいっと覗《のぞ》き込んできているのだ。

いや、本当にこれどういう状況？

「……」

横顔に痛いぐらいの視線を感じるが、私は努めて彼女を無視する。

いかにも「手元の作業に集中していて周りが見えていませんよ」という風を装いながら、その実、私の頭の中は彼女への恐怖でいっぱいだった。目を合わせた瞬間、飛びかかってくるのではないかという予感までしていたほどだ。

クラスの皆も同じ考えなのか、あからさまに私たちから距離をとっている。皆、自分の作業に没頭しているように見せかけてこちらを警戒しているのが丸わかりだ。

ただ一人、私の隣で画用紙を切り分けながらニヤニヤ笑う彼女を除いて。

「（みおみお～やっぱり昨日の話聞かれてたんじゃなーい？）」

「（わさび、うるさいっ……！）」

極限まで押し殺した声でわさびを黙らせる。

こちとら生きるか死ぬかの瀬戸際だというのになんでそんなに楽しそうなんだ！　親友とは思えない！

……でも、本当にわさびの言うとおりだったらどうしよう。

そう考えると途端に背筋が凍った。よもや本当に襲いかかられたりして……

そんな不穏な妄想が私の頭の中を支配し始めた、その時。

「――五十嵐《いがらし》さん」

「ひゃいっ!?」

ふいに名前を呼ばれて、生まれて初めてあげるような情けない悲鳴を発してしまった。心臓が口から飛び出さなかったのは奇跡としかいいようがない。

私はおそるおそる佐藤《さとう》こはるへ視線を向ける。

すると彼女は鷹《たか》のように鋭い眼差《まなざ》しでこちらを捉《とら》え、驚くほど冷たい声音で一言。

「何か手伝うコト、ある?」

マズイ、殺《や》られる。

さしずめ蛇に睨《にら》まれた蛙《かえる》だ。いっそ死を覚悟しかけたその時――救世主が現れた。

「――さ、佐藤さんっ!?　仕事を探してるようなら一緒に買い出しいかない!?」

颯爽《さっそう》と登場したのは、それまで向こうで作業をしていた押尾颯太《おしおそうた》であった。

どうやら見るに見かねて飛び出してきたらしい。まさしく地獄に仏、これ幸いと私は彼の提案に乗っかる。

「そ……そうねっ!!　ちょうど画用紙が足りなくなりそうで、誰かに買い出しを頼もうかと思ってたの!　ついでに油性ペンも!　佐藤さんお願いしていい!?」

「買い出し……」

　佐藤こはるが僅《わず》かに逡巡《しゅんじゅん》するようなそぶりを見せる。

　しばらく経《た》ったのち、彼女は「分かった」と一言、おもむろに立ち上がって押尾颯太の傍《そば》についた。

「じゃ、じゃあ行こうか」

　佐藤こはるはこくりと頷《うなず》き、押尾颯太についていくかたちで教室を後にする。

　遠ざかっていく足音が階段を降りるものへ変わった時――私は深い、深い安堵《あんど》の溜息《ためいき》を吐き出した。

　た、助かった……クラスメイトたちもほっと胸を撫《な》で下ろしている。

　ただ一人、わさびを除いて。

「なによわさび……」

「ねえみおみお」

「あれ見て」

　わさびがちょいちょいとある場所を指した。

　そこは確か、最初に佐藤こはるが作業をしていた場所だが……

「……終わってる？」

　見ると、切り分けられた茶色の画用紙が丁寧に束ねて置いてある。これは……

「佐藤さんさ、別に深い意味とかなにもなくて、純粋に私たちを手伝ってくれようとしたんじやないのかな」

「……まさか」

あの〝塩対応の佐藤《さとう》さん〟が、純粋な善意から？

釈然としなかった。だって本当にそうならあんな鉄仮面じゃなくて、少しぐらい「にこり」と微笑《ほほえ》んでくれたっていいじゃないか。

同意を求めようとして、もう一人の親友を探したのだが……

「あれ？　ひばっちは？」

見当たらない。さっきまですぐ近くで作業をしていたと思ったのに。

「ああ、ひばっちならみおみおが佐藤さんにビビってる間に、段ボールもらいにホームセンターへお使いに行ったよ」

……ちょっと待って。

わさびはいちいち一言が余計だ。ただお使いに行った、でいいじゃないか。

「ひばっちお使いに行ったの？　一人で？」

「うん」

「……大丈夫なの？」

「うーーん、本人が自分から行くって言い出したから、特には止めなかったけど……」

いつもは饒舌《じょうぜつ》なわさびがここにきて語尾を濁した。

ふ、不安だ……

♠

桜庭《さくらば》高校を出て、最寄りのホームセンターへの最短ルートをしばらく歩くと、大きな道路に差しかかる。

ここはそれなりに車通りが多いため歩道橋がかけられているのだが……どうやら彼女は、これを渡る途中でとうとう我慢できなくなってしまったらしい。

佐藤さんは歩道橋の中頃で、踊るように身体《からだ》を揺らしながら言った。

「――ねえ押尾《おしお》君！　私頼まれごとしちゃったんだよ！　五十嵐《いがらし》さんから！」

佐藤さんが声を弾ませながら言うので、俺は「よかったね」と引きつった笑みを返す。このやり取りももう三度目だ、よっぽど嬉《うれ》しかったらしい。

「でもやっぱり五十嵐さんと話すのは緊張するなぁ、だって五十嵐さん美人なんだもん。ずっと心臓バクバクしてた～」

「そ、そうかな？　そうは見えなかったけど……」

「ホント!?」

佐藤さんが目をきらきらさせながら聞き返してくる。

うん、全然緊張している風には見えなかったよ。しいて言うならメンチを切っているように見えた――なんて当然言えるはずもない。

佐藤《さとう》さんは五十嵐《いがらし》さんとのコミュニケーションがうまくいったのだと勘違いして、上機嫌に鼻歌まで歌い出す始末だ。

「そっかぁ、私自分で思ってるよりちゃんと喋《しゃべ》れてたんだぁ、ふふ」

い……いたたまれない！

本人は自らが〝塩対応の佐藤さん〟と呼ばれていることを一切関知していないのが、よりいっそう……！

「うんうん、実は私も手ごたえあったの！　特に夏休みのバイトした甲斐《かい》もあって笑顔はけっこうできてたと思うんだ！　どうだった押尾《おしお》君⁉」

「……えっ⁉」

笑顔⁉　最近は佐藤さんの細かい表情変化が少しは分かるようになってきたけど……それでもあれは笑顔には見えなかったぞ⁉

でも佐藤さんのきらきらした目に見つめられると、やっぱり真実を口にするのは憚《はばか》られて……

「ひょ、表情は柔らかくなったかな……」

「やった！」

佐藤さんがガッツポーズを作ってぴょこぴょこ跳ねる。その仕草はたいへん可愛《かわい》らしいけれど……うう、罪悪感で胸が痛い……

本当に、この状態の佐藤さんを皆へ見せることができれば、どれだけ楽だろうと思う。

それだけで〝塩対応の佐藤さん〟なんていう不名誉な称号から脱却することができるだろうに……今日みたいなことがこれからも続くと、こっちの身が持たないぞ……

なんて風に思い悩んでいると、おもむろに背後から人の気配がした。

通路は狭い。後ろから人が来ているなら脇《わき》にずれようと思って振り返ったのだが……

「……？」

あれ？　誰もいない。

おかしいな、今確かに視線を感じたのに。

「どうしたの押尾君？」

「いや……人が来てると思ったんだけど、気のせいだったみたい」

「？　私は気付かなかったけど……」

じゃあやっぱり俺の気のせいなのだろう。

そんなやり取りをしているうちに、下りの階段へ差しかかった。俺と佐藤さんはそのまま階段を下ろうとして、

「あ、佐藤さん待って」

「へっ？」

俺は佐藤《さとう》さんを制して、そのまま踏み出しかけた足を引っ込める。

階段の中腹に人影が見えたのだ。折り畳んだ段ボールを両手で抱えて、よたよたと階段を上ってくる一人の女性の影が。

「いったん、あの人を通してから降りよう」

重ねてになるが歩道橋の通路は狭い。向こうは大荷物なのだから、こちらが道を譲るべきだろう。

……しかしまぁ、誰だか知らないけれどずいぶんと危なっかしい人だ。

彼女は数枚の畳んだ段ボールを紐《ひも》で束ね、両手に抱えたまま階段を上ってきているのだが……いかんせん段ボールが大きすぎるせいで視界のほとんどを覆われてしまっている。

加えて足下しか見えていないせいで足取りもおぼつかない。今にも階段を踏み外してしまいそうだ。

……道を譲るだけでなく、手伝った方がいいだろうか？

そんなことを考え始めたのとほぼ同時、佐藤さんが声をあげた。

「押尾《おしお》君、あれ樋端《ひばた》さんじゃない？」

「えっ？　うそ？」

樋端温海《あつみ》、五十嵐《いがらし》さんの親友にして俺と佐藤さんのクラスメイトだ。

彼女も買い出しに来ていたのだろうか？　でも段ボールのせいで顔がよく見えない……と目を凝らした矢先、あたりに一陣の風が吹き抜けた。

これは俺と佐藤さんにとって前髪を左右に散らす程度のものだが——彼女にとっては違う。なにが起こったのかと言えば、無駄に面積の広い段ボールが風に煽《あお》られて、彼女は階段の途中で大きくバランスを崩してしまったのだ。

「あっ——」

その声は俺が発したものか、それとも今まさに階段から転げ落ちようとしている彼女の発したものか、定かではない。

ただ一つ、確かなことは——

「——樋端さんっ!!」

呼吸すら忘れそうなぐらいゆっくりと進む時間の中で、いの一番に佐藤さんが飛び出したということだ。

佐藤さんはそれこそ風のごとく階段を駆け下りて——紙一重で大きく後ろへ傾いた彼女の腕を摑《つか》んだ。遅れて彼女の抱えていた段ボールが階段を滑り落ちる。

危機一髪……なんてうまくはいかない。

「わっ、わっ、わっ!?」

元々運動音痴な佐藤さんに、不安定な姿勢で彼女の体重を支え切ることなど、どだい無理な話だったのだ。

彼女らは僅《わず》かにその場へとどまることが叶《かな》ったが、それでも健闘むなしく、二人まとめてゆっくりと傾いていく。

――しかし、その時間さえあれば俺が正気に戻るには十分だった。

「佐藤《さとう》さんっ!!」

俺はすかさず佐藤さんが虚空へ伸ばした腕を掴《つか》み、もう一方の手で手すりを握りしめる。まもなくして俺の両腕へ二人分の体重が襲いかかった。

「ぐっ!?」

耐え難い痛みに脳へ電流が流れ、一瞬視界が明滅する。

でも、俺は佐藤さんの腕を離さなかった。佐藤さんもまた同様に彼女の腕を掴んだままだ。

今度こそ危機一髪――俺は今まで自分が息を止めていたことに気付き、ぶはぁっと大きく息を吐き出した。

しっ、死ぬかと思った……!

「さっ……佐藤さん……大丈夫……?」

「……」

返事がない。

しかし軽く見た感じケガをした様子はないので、どうやら放心しているだけのようだ。そんな状態でも手を離さなかったのは本当に偉い。

じゃあ、あとは……

「あ、あれぇ？　押尾《おしお》くん？　佐藤さん？」

眼下からこの状況にそぐわない間延びした声が聞こえてくる。

この声は——確認するまでもない。

「樋端《ひばた》さん、大丈夫……？」

樋端温海《あつみ》は、自分がどんな状況に置かれていたのか未《いま》だにぴんときていない風に、眠たげな目をぱちくりさせていた。


極めて慎重に彼女らを階段から引き上げ、ついでに滑り落ちた段ボールも回収する。そして階段下から戻ってくる俺を見るなり、彼女——樋端温海はあわあわしながら言った。

「ご、ごめんねぇ押尾君、命の恩人だよぉ」

「はは、そんな……」

命の恩人というワードがなんだかおかしくて少しだけ笑ってしまったが、笑い事ではない。割りと本気で三人とも命の危機だったのだ。誰にもケガがなかったのは奇跡としか言いようがない。

俺は未だにどこか夢見心地だし、佐藤さんにいたってはその場にへたりこんで、心ここにあらず。小動物は強いショックを受けるとその場で固まってしまう習性があるが、まさしくあんな感じである。

むしろあの直後でもマイペースを貫ける樋端《ひばた》さんがすごい。

「お礼だったら佐藤《さとう》さんに言うといいよ……佐藤さんが一番に飛び出してくれたおかげで俺も間に合ったようなもんだし……」

「あぁぁ、佐藤さんごめんねぇ……ケガとかしてない？」

「あ、うん……ダイジョブ……」

樋端さんに手を握られて、佐藤さんが気の抜けた返事をする。

どうやらショックが強すぎて〝塩対応〟を発動させることもままならないようだ。

おそらく自分がどれだけ危険な行為をしたのか、自分でもまだ呑《の》み込めていないのだろう。

俺にしたって、まさかあそこで彼女が飛び出すとは予想外だった。

未《いま》だに心臓がバクバクいっている……

「二人とも本当にありがとうねぇ、助かったよぉ」

樋端さんは相変わらずのんびりした口調で言って、その場から立ち上がる。

ちなみに樋端さんはクラスの女子の中で最も背が高く、立ち上がると俺と目線の高さが並ぶほどだ。聞いた話では沖縄の出身らしいので、やっぱり暖かいところでは色々とのびのび育つのだろうかなんて考えたこともあった。

ともかく彼女は、俺が回収してきた段ボールの束を再びさっきと同じ形で抱えると……

「じゃあ、また学校でねぇ」

なんて言って、その場を立ち去ろうとする。

……いや、待て待て待て待て待て！

俺はすかさず回り込んで、樋端《ひばた》さんから段ボールの束をひったくる。

彼女は「ふぇ？」なんて可愛《かわい》らしい声を漏らして驚いていたけれど、どっちかといえばこっちが「ふぇ？」って感じだ！　今度こそ空飛んじゃうよ！

「ひ、樋端さん、ちょっと待っててね!?」

「う、うん、わかったぁ」

俺は戸惑う樋端さんを待たせておいて、いったん段ボールを束ねる紐《ひも》をほどいた。

オーソドックスな十字結びだが、若干緩い。俺はいわゆる「4の字結び」で、手早く段ボールの束を結び直す。さっきよりもキツくだ。

「おぉ～～！　すご～～い！」

樋端さんがぱちぱちと気の抜けた拍手をあげる。

飲食店でアルバイトなんかをやっていると、自然とこういった作業には慣れるものだ。褒《ほ》められて悪い気はしない。

「ありがとぉ押尾《おしお》君！　じゃあ……」

樋端さんが段ボールの束を受け取ろうとしたが、俺は慌ててこれを引っ込めた。

樋端さんが再び「ふぇ？」と声をあげる。

「だっ、大丈夫！　これは俺が持つから！」

「えぇ？　でも悪いよぉ……」

「女子にこんな嵩張《かさば》るもの持たせられないしね！」

本当は「見るからにおっちょこちょいな樋端さんに」なのだが、そこはさすがに気を使った。

ともかく、樋端さんに一人で持ち帰らせるぐらいなら俺が持った方がずっと安心だ！

そう思っての申し出だったのだが……樋端さんはなんだか別のところで驚いた様子である。

「女子……男の子からそんなこと言われたの初めてかもぉ」

「えっ？」

「なんかうれしいなぁ、えへへ」

今度は照れくさそうにはにかんでいる。よく分からないけどマイペースな子だな……？

そしてそんなやり取りをしていたら、佐藤《さとう》さんがようやく正気を取り戻したらしい。はっとなって、樋端さんへと駆け寄った。

「ひ、樋端さんっ!?　大丈夫だった!?　ケガとかしてない!?」

「それもうやったよ佐藤さん、怪我《けが》はないって」

「押尾君は!?」

「もちろん大丈夫」

「よかったぁ……」

佐藤《さとう》さんはほっと胸を撫《な》で下ろす。自分も危うく大怪我《おおけが》をするところだったろうに最初に人の心配するあたりが実に佐藤さんらしい。

しかし樋端《ひばた》さんは、そんな彼女を前にして呆《ほう》けたようにぽかんと口を開けている。

「……佐藤さん、私のこと心配してくれるのぉ？」

「あっ、当たり前でしょ⁉　クラスメイトなんだよ⁉」

むしろ何故《なぜ》そんなことを聞くのか、と佐藤さんが声を荒らげた。樋端さんは鳩《はと》が豆鉄砲でも食らったような表情だ。

無理もない、教室ではいつも塩対応を振りまいている彼女が、今は本気で自分の身を案じてくれているのだ。そのギャップの衝撃は俺も一度味わったことがあるから分かる。

……そういえばあの時の佐藤さんも怖い目に遭っていたんだった。

もしかしたら不測の事態に直面すると塩対応は発動しないのだろうか？

「……私、佐藤さんのことちょっと誤解してたかもぉ、優しいんだねぇ佐藤さんは」

「？　あ、ありがとう……？」

樋端さんの心境の変化を理解していないのは、当の本人である佐藤さんだけだ。

自分が助けた立場であるはずなのに、逆に感謝の言葉を述べている。それがあまりにおかしかったのだろう、樋端さんはたまらず噴き出した。

「ふふ、お礼を言うのはこっちだよぉ」

どうして笑われたのかも分からず、頭の上に疑問符を浮かべる佐藤さん。

そんな彼女へ、樋端さんはある提案をした。

「――そうだ、二人は買い出しだよねぇ？　お礼になるのか分からないけど、私も買い出し手伝うよぉ」


そんなわけで、俺たち買い出し組は樋端さんを加えて三人組となった。

それからは特に何事もなく、目的地のホームセンターへ到着したわけだが……

「人見知り？」

すぐ隣で話を聞いていた樋端さんがその単語を繰り返す。俺はこくりと頷《うなず》いた。

「信じられないかもしれないけど、佐藤さんって極度の人見知りでさ、ガチガチに緊張すると塩対応になっちゃうんだよね」

「……？」

樋端さんが小首を傾《かし》げた。本気か冗談か測りかねている顔だ。

せっかく三人になったのだ。いい機会だし樋端さんに〝塩対応の佐藤さん〟のからくりについて明かそうと思ったのだが……そりゃそんな反応にもなるよな。俺も自分で自分が何を言っているのかよく分かんないし。

ちなみに今まさに話題の中心となっている佐藤《さとう》さんは、少し離れたペットコーナーで白いポメラニアンとにらめっこをしている。ホームセンターへ到着するなり、まるで磁力でも発しているかのように、ケージの前へ吸い込まれてしまったのだ。

……佐藤さん、MINE《マイン》のアイコンも送ってくるスタンプもポメラニアンだし、ポメラニアン好きなのかな。好きなんだろうな。まるで赤ちゃんみたいにケージの中のポメラニアンを無言で見つめ続けているし……

閑話休題。

樋端《ひばた》さんは、少し離れた場所でガラス窓に張りつく佐藤さんを眺めながら言った。

「さっき私と普通に喋《しゃべ》れてたのはぁ？」

「……佐藤さんは人見知りな上に一人で色々と考えすぎちゃうところがあるんだよね。たぶんだけど、前もって身構えてるとかえって緊張して塩対応になるんだと思う。さっきのは突然のことだったから、そういう余計なこと考える暇がなかったみたいだけど……」

「うーーーーん……？」

樋端さんが更に首を傾《かし》げる。

まぁ、実際に見ないことには意味が分からないだろうな……なんて思っていたら、タイミングよく人が現れた。

俺よりもひとまわりは大きな金髪の外国人男性だ。彼はしきりに手元のメモ帳を確認しながら、視線をきょろきょろと巡らせている。いかにも探し物をしていますって感じだ。

佐藤さんも途中で彼の存在に気付き……何か嫌な予感を覚えたのだろう。遠目で見ても分かるぐらい露骨に表情がこわばった。

しかし嫌な予感というのは往々にして当たるもので……

「アー、お嬢サン、チョットスミマセン」

金髪の彼が佐藤さんへ声をかけた。

「Sharpening stoneはドコにアリマスカ?」

金髪の彼から尋ねられた途端、すん……と、彼女の顔から表情が消える。

塩対応スイッチ、オンだ。

「……なに?」

佐藤さんが振り向きざま驚くほど冷たい声音で言った。

無邪気にもポメラニアンに夢中になっていたさっきまでの彼女とは違う。あまりの豹変《ひょうへん》ぶりに金髪の彼がびくりと肩を跳ねさせたほどだ。

「oh...Water stone?　Whetstone?」

明らかに気圧《けお》された彼は、言葉が通じなかったのかと慌てて言い直す。

対する佐藤さんは、その冷たい眼差《まなざ》しで彼を見つめたまま……

「……濡《ぬ》れた石？」

「スミマセンデシタ」

結果、佐藤《さとう》さんの塩対応は言語の壁すら超えた。

金髪の彼は即座に降伏宣言をして、とぼとぼと店を後にしようと……

「いや、ダメダメダメダメ！　ストップストップ！」

それはさすがに可哀想《かわいそう》すぎるだろ！

俺は慌てて哀愁漂う彼の背中を追いかけると、なんとかこれを呼び止める。そしてスマホの翻訳機能などを駆使して、彼の目当ての物を探し出した。

ちなみにSharpening stoneやWater stoneは「砥石《といし》」のことを指すらしい。なんでも彼は板前修業の真っ最中なのだそうだ。

俺は彼に売場の場所を教えたのち、立派な板前になれるようその背中を見送って、再び二人の下へと戻ってくる。

佐藤さんはと言えば、よっぽど緊張したのか、ちょっと泣きかけであった。

「怖かった……押尾《おしお》君ありがとう……」

「ど、どういたしまして……」

佐藤さんがそう言ってくれただけでも全力ダッシュした甲斐《かい》があるよ……

乱れた息を整えていると、一連のやり取りを眺めていた樋端《ひばた》さんが「……なるほどねぇ」

と独《ひと》り言《ご》ちた。

どうやら分かってもらえたようだ……

「なんか佐藤さんって思ってたよりずっと面白い人なんだねぇ、私、今の佐藤さんとだったら仲良くなれそうかもぉ」

「今の……？」

若干の引っかかりを覚えたらしく、リスみたいに首を傾《かし》げる佐藤さん。

その仕草が面白かったのだろう、樋端さんは耐え切れず噴き出したのち、思いついたようにぽんと手を打った。

「そうだ！　佐藤さん、もしよかったら私と友達になろうよぉ」

「ともだちっ!?」

佐藤さんはさっきまで泣きそうだったのが嘘《うそ》のように、声を裏返して言った。

友達、友達、友達……

時間をかけてゆっくりとその言葉を咀嚼《そしゃく》しているのだろう。まるで春先に花が開くように、佐藤さんの表情が見る見るうちに明るくなっていった。

……これは最近分かったことだが、佐藤さんは最初の「塩対応」のハードルさえ乗り越えてしまえば、案外チョロい。

そして樋端さんは、このハードルを飛び越えたのだ。

「──実は私もずっと樋端《ひばた》さんと仲良くなりたかったの！　ＭＩＮＥ《マイン》やってる？　ミンスタは？　スイーツ好き？　下の名前で呼んでもいい!?」

「わわわ」

佐藤《さとう》さんの息を吐《つ》かせる間もない質問攻撃が始まった。

初めてクラスに友達ができそうだからか、今までの三割増しではしゃいでいる。彼女がポメラニアンならその尻尾《しっぽ》はちぎれんばかりに振られていたことだろう。

ともすれば少し過剰にも見えるぐらい急激に距離を詰めていたが……樋端さんはまるで気にした様子がない。これに関しては彼女のマイペースがいい方向へ働いた。

「ぜんぜん、温海《あつみ》でいいよぉ、私もこはるちゃんって呼ぶからねぇ。ええと、ＭＩＮＥのＩＤはぁ……」

彼女は佐藤さんの話ににこにこと相槌《あいづち》を打ちながら、質問の一つ一つにのんびりと答えている。さながら落ち着きのある老犬と遊びたい盛りの子犬のようだ。

要するに、お互いうまい具合に嚙《か》み合っている。

「よかった……」

俺は人知れず胸を撫《な》で下ろした。

当初の「五十嵐《いがらし》さんと仲良くなる」という目標からはズレてしまったが、これはこれで結果オーライ──むしろ佐藤さんを嫌う五十嵐さんと仲良くなるより、格段に良いかもしれない。

なんといっても二人はタイプが近い。

優しすぎるところとか、どこか抜けているところとか、マイペースなところとか……恐らく気が合うはずだ。樋端さんが友達なら俺も安心だ。

ああ、やっと肩の荷が一つ下りた……そう思ったのだが、

「……あれ？」

さっきまでそこにいたはずの二人が、いつの間にか姿を消していた。

一体どこへ行ってしまったのかとあたりを見回すと、二人は——どういうわけかそのまま出口へ向かっていくではないか！

「ちょっ、ダメダメダメダメダメ！　ストップストップ！」

俺は再び全力でスタートダッシュを切って、談笑する彼女らの背中を追いかける。

二人ともなんか終わった雰囲気出してるけど、まだ買い出し済んでないから！


——誤算だった。

すっかり夕焼け色に染まった帰り道で、談笑する二人の少し後ろを歩きながら、頭を抱えた。

一緒に行動してみて分かったことだが、樋端さんのマイペースは筋金入りだ。

彼女にのんびりしたところがあるのは承知していたが、そういう問題ではない。樋端さんは色々なものへ興味が移るし、目を離せばすぐにいなくなる。そしてこれは佐藤さんも同様だ。

二人はあまりにもタイプが近すぎる。

このまま二人にしておくと、悪い大人に騙《だま》されて気がつけば……なんてことすら十分あり得そうな組み合わせであった。

これでは安心どころではない。むしろ佐藤《さとう》さんが二人になったようで、かえって俺の心労が増えただけだ。

「どうしたもんかな……」

もちろん佐藤さんにクラスメイトの友達ができたのは喜ばしいことだ。

でも、それはそれとして不安なことに変わりはない。娘を持つ親の気持ちが少しだけ分かったような気がした。

楽しそうに話す二人の横顔を眺めながら一抹の不安を感じていると……ふいに、樋端《ひばた》さんの視線が下がる。

「あれぇ？　こはるちゃんスカートほつれてるよ」

「えっ？　……わっ!?　本当だ!?」

見ると、確かにスカートの裾《すそ》の部分が少しだけほつれていた。

……樋端さん、よく気がついたな。

「さっき階段から落ちそうになった時どこかにひっかけちゃったのかな……？　どうしよう……」

「大したほつれじゃないし、これぐらいなら裁縫道具があればすぐに直せると思うよ」

「そっか、うん、そうだよね……」

見かねて彼女を安心させるよう声をかけたのだが、やっぱり気になるらしく、しきりに視線を落としてしょんぼりしている。

でもこればっかりは仕方がない、そう思った矢先のこと。

「こはるちゃん、ちょっとそこにかけてもらっていいかなぁ」

樋端さんが間延びした声で、近くのベンチを指した。

佐藤さんは初め戸惑った風だったが「こ、こう？」と樋端さんの言う通りにベンチへ腰をかける。樋端さんはそんな彼女の傍《そば》へ跪《ひざまず》いて……なんと、ポケットから手のひらサイズのソーイングセットを取り出したではないか！

「ちょっと動かないでねぇ」

彼女はそう言うと、慣れた手つきで針と糸を取り出して、ほつれたスカートの裾をちくちく縫い始める。

カノジョとはいえ、往来で女子のスカートを凝視するのはいかがなものかと思うが——思わず目が離せなくなってしまうぐらい、見事な手捌《てさば》きだった。

そしてあまりの手際の良さに俺たちが驚いている間に、樋端さんは作業を終えてしまう。

スカートのほつれは、綺麗《きれい》に縫い直されていた。

「――はい、できたよぉ。えへへ、さっき助けてもらったからそのお礼ねぇ」

「すっ、すごいっ!?」

佐藤《さとう》さんが感嘆の声をあげる。

これは確かにすごい。俺もつい見惚《みと》れてしまったほどだ。

「こんなの大したことないよぉ」

「そんな！　まるで魔法みたいだったよ!?　温海《あつみ》ちゃんすっごくかっこよかったもん！」

「えへへ」

照れ臭そうに笑う樋端《ひばた》さん。

佐藤さんはよっぽど感動したのか立ち上がって無駄に一回転などをし、元通りになったスカートを風にはためかせている。

……本当に元通りだ。まさか樋端さんにこんな特技があったなんて。

「樋端さんはいつも裁縫道具を持ち歩いてるの？」

「うん、部活でよく使うんだぁ」

「……ウチに手芸部なんてあったっけ？」

「ちがうよぉ、演劇！　正確には演劇同好会だけど、衣装が破けちゃったりしたときにこれでちょちょっと縫い付けるんだよぉ」

「ああ、そっか」

——演劇同好会。

そうだ、そういえば彼女は五十嵐澪《いがらしみお》が会長を務める演劇同好会の会員だっけか。

すると、遠くで一人ダンスを披露していた佐藤さんが、ここぞとばかりに食いついてくる。

「演劇⁉　温海ちゃんって、演劇同好会なの⁉」

「そだよぉ〜」

「じゃ、じゃあ温海ちゃんもお芝居やるの⁉　舞台で⁉」

「うん、会員三人しかいないからねぇ」

「すごい‼　私、皆の前でお芝居なんて絶対にできないよ！　幼稚園の時のお遊戯会で失敗したの未《いま》だに夢に見るぐらい恥ずかしかったんだもん！　尊敬する！」

……それはさすがに引きずりすぎでは？

ともかく佐藤さんが無邪気な反応を示し、樋端さんがまた照れ臭そうに「えへへ」と笑う。

なんだか、見ているだけで心の和むやり取りだった。

「こはるちゃんはいっぱい褒《ほ》めてくれていい人だねぇ」

「それは温海ちゃんがすごいからだよ！　ねえ次の演劇はいつやるの⁉　私も観に行きたい！」

「うん、次の桜華祭《おうかさい》でいばら姫の劇を演《や》るんだぁ。放課後は毎日校舎裏で劇の練習を頑張ってるの、当日は観においでよぉ」

「やった！　絶対に観に行くね！　……ところで温海ちゃんって、五十嵐さんと仲いいの？」

「もちろん！」

樋端《ひばた》さんがそう言って、向日葵《ひまわり》みたいに温かい笑みを浮かべる。

「みおみおと私とわさび……あっ、葵《あおい》ちゃんは中学校からの親友なんだよぉ」

へぇ、確かにいつも三人一緒にいると思ってたけど、中学からの友達なのか。

ぱっと見の印象だけど、三人とも全く毛色が違うので少し不思議に思っていたのだが、合点がいった。

樋端さんは、それがまるで自分のことであるかのように自慢げに語る。

「みおみおはすごいんだよぉ！　勉強もスポーツも一生懸命で、私なんかと違ってなんでも自分でできちゃうしぃ……それに誰よりも優しいの！」

「優しい？」

これは俺の台詞《せりふ》。

勉強やスポーツの部分は彼女の成績を見れば疑うべくもないが、どうしても五十嵐《いがらし》さんと「優しい」のイメージが結びつかず、思わず口をついて出てしまったのだ。

樋端さんは「うん！」と躊躇《ためら》いなくこれを肯定する。

「私、昔からぼーっとしてるくせに身長ばっかり大きいから、いつも男子にいじめられてたんだけど……みおみおが助けてくれたんだぁ。男子の腕に噛《か》みついて、学校に親まで呼ばれたぐらいなんだから！　それからはずっと親友なのぉ」

「そ、それはすごいね……」

中学時代の話とはいえ、今の五十嵐さんのイメージからはかけ離れたやんちゃエピソードに驚いてしまった。佐藤《さとう》さんはこれにいたく感動した様子で、

「ますます五十嵐さんと仲良くなりたくなってきた！」

と興奮気味に言う。

やはり彼女の中では「五十嵐さんと仲良くなる」が、未《いま》だに目標の一つとしてあるらしい。

「私、ずっと五十嵐さんと仲良くなりたいなーと思ってたの！」

しかしこれを口にした途端、樋端さんの表情が曇ったのを、俺は見逃さなかった。

「……こはるちゃんはみおみおと仲良くなりたいのぉ？」

「うん！　温海《あつみ》ちゃんの話を聞いたら余計に！　すごくいい人なんだね！　五十嵐さんは！」

「そ、そうなんだぁ……へぇ……」

意気込む佐藤さんとは対照的に、急に樋端さんの歯切れが悪くなった。

佐藤さんはこれに気付いていないようだけど……残念ながら、俺は樋端さんの態度の理由をなんとなく察してしまう。

案の定、五十嵐さんは佐藤さんを快く思っていないのだろう。

そして親友である樋端さんはそれを知っている。しかし彼女自身は佐藤さんを悪く思っていないからこそ、曖昧《あいまい》な反応で誤魔化《ごまか》すしかないのだ。

樋端《ひばた》さんはどう見ても嘘《うそ》を吐《つ》けないタイプだ。だから俺が助け舟を出すしかない。

「そ、そうだ佐藤《さとう》さん、先に丸山《まるやま》さんと仲良くなるっていうのはどうかな?」

「えっ? どうして?」

俺の提案が寝耳に水だったのだろう、佐藤さんが至極真っ当な疑問を投げかけてきた。

「しょ……将を射んと欲すればまず馬を射よって言うからね! 確実に五十嵐《いがらし》さんと友達になるために、まずは丸山さんと仲良くなって、外堀から埋めてくのがいいんじゃないかな!?」

……言うまでもないが、俺も嘘が得意な方ではない。

我ながらメチャクチャな理論だけど、樋端さんは俺の意図を察したらしい。すかさずフォローに入る。

「そっ、それはいいアイデアだねぇ、将を……あの……うん!」

へっ、下手すぎる! 純粋に口が下手だよ樋端さん! 言えてないし!

でも当の佐藤さんは、どうやらその頭脳派っぽい響きが気に入ったらしい。「なるほど……」と頷《うなず》いて、精一杯神妙な顔を作っている。

「うん……うん! わかった! 二人ともアドバイスありがとう! 次は丸山さんと仲良くなってみるよ! 私がんばる!」

……まぁ、これも結局はその場しのぎだけど、あんなにも分かりやすく佐藤さんを嫌っている五十嵐さんと直接ぶつかるより、いくらかマシだろう。

気合い十分。すっかりやる気になったらしい佐藤さんを見て、ひとまず危機を回避したことにほっと溜息《ためいき》を吐く。

「こはるちゃんは可愛《かわい》いねぇ」

おもむろに隣を歩く樋端さんが言った。

ちなみに佐藤さんは今、頭の中で「どうやって丸山さんと仲良くなるか」を一生懸命シミュレートしているらしく、こちらの話が聞こえている様子はない。つまりこれは俺に向けられた言葉だ。

「意外だった？」

「もちろんそれもあるけど、前々から可愛いとは思ってたのはホントだよぉ？　小さくて、お人形さんみたいで……多分、どんな服を着せても似合っちゃうんだろうなぁ」

否定はしない。私服、水着、浴衣で死にかけた俺もそう思う。でも口に出してしまえばただのノロケになりそうなので、そこは黙っておいた。

すると樋端さんは、佐藤さんを見下ろしながら溜息混じりに呟《つぶや》く。

「……いいなぁ、こはるちゃん。私もこはるちゃんみたいに可愛く生まれてきて、可愛い服を着ていろんな所を歩き回りたかったなぁ」

「えっ？　樋端さんは可愛いと思うけど」

お世辞ではない。実際、樋端さんは可愛いのだ。

眠たげな眼《め》も、困ったようなハの字眉毛《まゆげ》も、少しだけ口角をあげる笑い方も、とても魅力的だと思う。これは俺の個人的な意見としてもそうだが、世間一般の評価としてもそうなると思う。

しかし樋端《ひばた》さんは今までにないぐらい驚き、戸惑った様子だ。

「えっ、そ、そんなことないよぉ！　ほら、だって私ヘタな男の子より背が大きくて、肩幅も広いから可愛《かわい》い服も似合わないしぃ……」

「背の高い女子でも似合う服、探せば結構あるよ、知り合いに古着屋の店員さんがいるからよく聞かされるんだ」

ここで思い返すのは三園《みその》姉弟のマシンガントークだ。

店へ遊びに行くたび古着に関する蘊蓄《うんちく》を聞かされ、挙句マネキン代わりにされて、姉弟間のコーディネート対決に巻き込まれた俺だ。嫌でも知識はつく。

とりわけ三園姉弟の実家——古着屋〝MOON〟は、ヨーロッパからの輸入品がメインだ。したがってサイズもヨーロッパ基準なので、日本のものに比べると少し大きめのものが多い。

樋端さんぐらいの身長でも着られる可愛い服はたくさんある。

「で、でも押尾《おしお》君はこんな身長の高い女子は嫌でしょ？」

樋端さんがしまいにはそんなことまで言い出したけど、それこそ的外れな話だ。

「俺は女子じゃないから、そういう悩みが分かるとは言いきれないけど」

　そう前置きして、俺は続ける。

「少なくとも相手の身長で評価を変えたりしないよ。それに——個人的には自分と近い身長だと、なんとなくその人との距離が近くなった気がするから嫌いじゃないし」

　これが嘘偽《うそいつわ》りのない本音であった。

　むしろ女子にしては高い身長も含めて、樋端さんだけの良さだと思う。そういう意図を込めての発言だったのだが……何故《なぜ》か彼女からの返答がない。

　不思議に思って見てみると、どういうわけか樋端さんは両手で顔を覆い隠していた。指の隙間《すきま》から覗《のぞ》く彼女の顔面は、夕焼けにも負けないぐらい真っ赤に染まっている。

　その佐藤《さとう》さんじみた反応に俺は思わず「えっ？」と声を漏らす。

　俺、今なにか変なこと言ったか……？

「おっ、押尾君が佐藤さんと付き合えた理由分かっちゃったかもぉ……!?」

「どういう意味!?」

　樋端さん、なんか様子が変なんだけど!?

「……私も近いもん」

　視界の外からそんな声が聞こえてきたので振り返ってみると……なんだか、いつもより目線の高い佐藤さんがいた。

　やけに歩き方がぎこちないので視線を下ろしてみたら、佐藤さんはつま先立ちになって精一杯背伸びをしていた。……話、聞いてたんだ。

——とまぁそんな感じで雑談を交えつつ歩いていたら、学校が見えてきた。

夕陽《ゆうひ》も沈みかけた頃になって、買い出し三人組ようやくの帰還である。

「思ったより時間かかっちゃったね」

「二人ともごめんねぇ、押尾《おしお》君は段ボールまで持ってもらっちゃって」

「私は樋端《ひばた》さんと仲良くなれて良かったよ！」

「俺も、これぐらい気にしないでよ、はい」

俺はそう言って段ボールの束を樋端さんへ差し出す。さすがにここまでくればもう心配はいらないだろう。樋端さんはこれを受け取って、にっこり笑った。

「本当にありがとぉ！　私先に行ってるから、また後でねぇ」

「温海《あつみ》ちゃんまたね～！」

ぶんぶんと手を振る佐藤《さとう》さんに、樋端さんは小さく手を振り返す。

そしてそのまま教室に向かおうとして「あっそうだ！」と何かを思い出したように振り返った。

「押尾君さっきはありがとうねぇ！　おかげで自信ついたかもぉ！」

さっき、というのは身長云々《うんぬん》の話だろうか。俺はただ正直な感想を述べただけだから感謝されるいわれなんてないんだけれど……本人が喜んでいるようだからいいか。

俺は佐藤さんに倣《なら》って手を振り、樋端さんを見送った。

さて……

「俺たちも戻ろっか」

「うん、そうだね」

俺たちの役目は買い出しをして終わりじゃない。買ってきたものをクラスへ届けて、なおかつ作業に合流しなければならないのだ。なんせ桜華祭《おうかさい》までに残された時間はあと僅《わず》かしかないのだから。

そのためにも俺たちは正面玄関から入って、上履きへ履き替えるため、自分の下駄《げた》箱の扉を開き……

「えっ？」

一瞬、目の前の光景に理解が追いつかなかった。

はじめは誤って他人の下駄箱を開けてしまったのかと思ったが……間違えるはずもない。学年が変わってからの半年間、毎日使い続けた下駄箱だ。

第一、こんな状態の下駄箱を使う人間がいるものか。

「どうしたの押尾君？」

「っ！」

すでに上履きへ履き替えた佐藤さんが後ろから手元を覗《のぞ》き込もうとしてきたので、俺は慌てて下駄《げた》箱の扉を閉めた。

漠然とだが、これを佐藤《さとう》さんに見られてはいけないという直感があったのだ。

「？　履き替えないの？」

「えっ、あぁ、う――――ん……ごめん佐藤さん、ちょっと外に出る用事思い出しちゃった！」

「買い忘れ？　私もついていくよ」

「あ、いや！　皆待ってるだろうから佐藤さんはこれ持って先に教室戻っててよ！」

「う、うん……？」

「大丈夫！　俺もすぐに戻るから！」

「？　わかった！」

なんだかイマイチ納得できていない様子だったが、とにかく佐藤さんは買い物袋を片手に、教室に向かってとてとてと走り出す。

俺はそんな彼女の背中が完全に見えなくなるまで待ったのち、再び下駄箱の扉を開けた。

……やっぱり、もう一度見ても同じだった。

「なにこれ……？」

あまりに異様すぎる光景に思わず声が漏れてしまう。

何を言っているのか分からないと思うが――俺の下駄箱の中が白く輝く粉で埋め尽くされていたのだ。そしてこの粉に埋もれて、俺の上履きが少しだけ顔を出している。

いや、本当にどういう状況？

「……」

ともかくこのまま立ち尽くしていても仕方がないので、俺は埋もれた上履きに指を引っかけて、おそるおそる取り出す。

その際、下駄箱からさ——っと粉がこぼれて、床に散らばった。

これは……

「……塩？」

さすがに舌で舐《な》めて確かめるつもりはないが、これはどう見ても塩に見える。大量の塩が、俺の上履きを塩漬けにしていたのだ。意味が分からない。

そもそもこんなこと誰が——

——背後から視線。

「はっ!?」

弾《はじ》かれたように振り返る。すると下駄箱の陰からこちらの様子を窺《うかが》っていた何者かが、廊下の向こうへ走り去るところが見えた。

「っ！」

すかさず後を追いかけようとしたが、外履きのままであることを思い出して、途中で立ち止まる。上履きは塩漬けで履き替える暇もない。

しかし逃げるソイツの背中を確かめることだけは叶《かな》った。

その姿は——

「力士……?」

学校指定ジャージの上からまわしを巻いた巨漢が、通行人を押しのけながらすごいスピードで廊下を駆けていって、奥の曲がり角へ消える瞬間を目撃してしまった。

あれは……相撲部の部員か?

まるで狐《きつね》にでも化かされたような気分だ。立て続けに起こった俺の理解を超える現象の数々を脳が処理しきれず、呆然《ぼうぜん》とその場に立ち尽くしていると……

「——とうとうヤツらが動き出したみたいだな」

「うわぁっ!?」

突然背後から声がして、悲鳴をあげてしまった。

今度は何かと思えば、すぐ後ろで蓮《れん》がペットボトルのコーラを飲んでいた。

「蓮!? いつからそこに!?」

「俺の方が先客だよ」

そう言って蓮はコーラを呷《あお》る。おおかた桜華祭《おうかさい》の準備に飽きて抜け出してきたのだろう。

蓮のサボり癖《ぐせ》についてはいつものことなのでそれはどうでもいいが……そんなことより!

「蓮……今の見てたか?」

「相撲取りって意外と足早いんだな、なんならアイツが颯太《そうた》の下駄箱《げた》に塩流し込むとこから見てたよ」

「止めろよ!?」

「イヤだよ、俺まで颯太の仲間だと思われて目ぇつけられるだろ」

薄情すぎる！　仲間じゃなかったのかよ！

というかその口ぶり……！

「……蓮、これをやったヤツのことなんか知ってるのか？」

すっかり塩まみれになった上履きを指して問う。

蓮は俺の上履きを一瞥《いちべつ》すると「まーな」と肯定して、続けた。

「とりあえず、その靴をどうにかした方がいいんじゃねえの？」


ひとまず外へ出て、正面玄関脇《わき》で上靴の中に入り込んだ塩粒を落としていると、

「ＳＳＦだよ」

と、隣に座る蓮が言った。

初めはそれが何を示す単語なのか分からずに眉《まゆ》をひそめたが、すぐにあの力士のことを指しているのだと気付く。

「ＳＳＦ？　初めて聞いた、なんかの略称？」

「塩対応の佐藤《さとう》さんファンクラブ」

ぴたり、と上履きで地面を叩《たた》く手を止めた。

蓮《れん》の表情を窺《うかが》ってみるが、彼は涼しい顔をしてコーラを飲んでいるだけだ。

「……冗談？」

「俺も自分で言ってて冗談だろって感じだけど、大マジ、SSFはマジに存在する。今まではわざわざ言うまでもねえかと思って黙ってたんだけど、まさか颯太《そうた》に直接嫌がらせを始めるとはな。大方、さっき佐藤さんと二人で教室抜け出したのが決め手だったんだろう」

どういう反応をしていいか分からなかったので、とりあえず鼻で笑った。

「えーと……じゃあなんだ。さっきの力士は佐藤さんファンクラブのメンバーか何かで、そのファンクラブの皆さんは、俺が佐藤さんと付き合ってるからって上履きを塩漬けに？」

自分で言ったのにちょっと笑えてきた。まさか、どんな嫌がらせだよ。

確かに佐藤さんは、「塩対応の佐藤さん」などと揶揄《やゆ》されているが、疑いようもなく美人だ。

事実、彼女に告白して玉砕した男子たちは数知れず、ひそかに彼女へ思いを寄せる者も多いと聞く。俺が彼女と親しくすることで気を悪くする人たちも……まぁ、いるかもしれない。

でも、だからといって……

「いくらなんでも、ただの嫉妬《しっと》でこんなワケ分からないことするか？」

「もちろん、純粋にお前と佐藤さんが仲良くするのが面白くないっていうのはあるんだろう。

でも本質は違う、もっと厄介だ」

「はぁ？　じゃあなんだって言うんだよ」

「ヤツらは塩対応の佐藤さんを取り戻そうとしてる」

もはや本格的に意味が分からなかった。

まだ嫉妬から嫌がらせをしているのだと言われた方が理解できた。

「色々言いたいことはあるけど、取り戻すもなにも佐藤さんは元から誰のものでもないだろ……」

「少し違う、佐藤こはるじゃなくて、塩対応の佐藤さんを取り戻そうとしてるんだよ」

「はっ？」

それは同じ意味じゃないのか？

怪訝《けげん》な顔を晒《さら》していると、蓮は少し逡巡《しゅんじゅん》するような仕草を見せて、言った。

「まず――前提としてＳＳＦのメンバー、特に幹部のヤツらは、そのほとんどが佐藤さんにフラれた連中だ」

「……」

しばらくは言葉の意味が理解できなかった。

ゆっくりと時間をかけて、彼の発言を呑《の》み込み……

「はぁ……？」

心からの「はぁ？」が出た。

「佐藤《さとう》さんにフラれた男たちが、佐藤さんのファンクラブを……？」

「女もいるらしいぞ。まぁ要するにフラれたショックでかえって目覚めちまったんだろうな」

「なにに……？　あ、いや、待て！　やっぱり聞きたくな……！」

「マゾヒズム」

「聞きたくなかったのに！」

イヤな予感がしてすぐに耳を塞《ふさ》いだが、間に合わなかった。

「ざっくり言えば、佐藤さんに冷たくあしらわれて興奮する変態の集まりがＳＳＦだ」

「ホントに最悪だよ……！」

ぞーっと背筋が寒くなった。

何が悲しくて、自分の恋人が倒錯した性的消費の対象にされていることを知らされなくてはならないんだ！　そりゃ佐藤さんが好かれてるのは嬉《うれ》しいっちゃ嬉しいけど、今年で一番複雑な心境だよ！

……しかし、ここで一つ疑問が芽生える。

「実際にＳＳＦが存在するとして、本当にこんなこと言うのは不本意……っていうか口にするのもイヤなんだけどさ……」

「なんだよ」

「佐藤さんに冷たくあしらわれたいだけなら、別に俺と佐藤さんが付き合ってたってよくないか？」

アイドルの熱愛報告とはワケが違う。優しくされたいのではなく、あえて塩対応をされたいのなら、俺と佐藤さんが付き合っていたところで関係はないのではないか？

しかし蓮《れん》は首を横に振る。

「まず、それだけ分別のつくヤツがそんなキモイ団体を作ったりすると思うか？」

た、確かに……イヤに説得力のある言葉だ。

「それにSSFは颯太《そうた》が塩対応の佐藤さんを奪ったって考えだ。塩はその警告だな」

塩が警告代わりとは。

そういえばすっかり忘れていたけれど、昨日の昼休み、俺の机に何故《なぜ》か塩が撒《ま》かれていたっけ。あれも警告だったのか？　となると最近感じる妙な視線の正体も……

でも、やっぱりまだ分からない。

「さっきも言った通り、ヤツらは塩対応の佐藤さんを取り戻そうとしてる」

「……そこが分からないんだよ」

佐藤こはるではなく、塩対応の佐藤さんを取り戻すとはなんだ？　なにかの比喩《ひゆ》か？

「ほら、佐藤さん、お前と付き合うようになってからよく笑うようになっただろ？」

「それは、まぁ……」

まだまだ表情は硬いが、それでも以前と比べればずいぶんと柔らかくなったと思う。

俺はこれを喜ばしい変化として捉《とら》えていたのだが……

「SSFはそれが気に食わないんだ」

「なんでだよ、いいことじゃないか」

「ヤツらにとっては困るんだよ、自らのマゾヒズムを満足させる塩対応の佐藤《さとう》さんが消えちまうのは。アイツらは佐藤こはるに皆に等しく冷たい、塩対応の佐藤さんでいてほしいんだ」

「スゲー変態じゃん……」

とうとうストレートな悪口が出てしまった。理解はできるけど共感はできないとはこのことを言うのか。

と、鳥肌まで立ってきた……

「そういう大義名分に、颯太《そうた》への純粋な嫉妬《しっと》やら、佐藤さんへの歪《ゆが》んだ独占欲やらが混じっちまって、もう会自体が軽く暴走気味って噂《うわさ》だ」

「どこが大義だよ」

というか成り立ちからすでに暴走してるわ。

「ともかく颯太が佐藤さんと付き合う以上、この手の嫌がらせは続くだろうな」

蓮《れん》はそんな言葉で締めくくり、ペットボトルのコーラを飲み干す。

コーラに口をつける彼の横顔を、俺はしばらく無言で見つめたのち……

「……ははっ」

鼻で笑った。

――らしくもない。蓮の作り話にしては、ちょっとフィクション感が強すぎたな。

「いや、危なっ！　途中まで本気で信じてたよ！　ははは」

蓮が真剣な表情でじいっとこちらを覗《のぞ》き込んでくるが、いや、そんな顔したってもう騙《だま》されないぞ。

「この塩も蓮の仕込みだろ？　手が込んでんなぁ、蓮以外のヤツから言われてたら本気で信じてたかもしれないよ」

「……」

蓮からの返答はない。

いつ種明かしをするつもりだったのか知らないけど、もうバレてるよ。

なんだか都市伝説を聞いているみたいでちょっと楽しかったけれど、桜華祭《おうかさい》の準備もある、もう遊びも終わりだ。

俺はひとしきり笑ったのち、その場から立ち上がって、

「はぁー……笑った笑った、大体ＳＳＦなんて実在するわけが……」

――ゴドッ！　と背後から鈍い音がして、俺の言葉を遮った。

何かと思って振り返ってみれば、ちょうどさっきまで俺が座っていた位置に、砕けた岩が転

がっている。……いや、これは岩じゃない。

岩塩だ。それも両手で抱えるサイズの。

「!?」

すかさず頭上を見上げる。

すると、二階の窓からこちらを見下ろしていた複数の人影が、慌てて奥へ引っ込んだ。

「……!?」

さあああっと全身から血の気が引く。

え……？　嘘《うそ》だろ……？　こんなん直撃して、当たり所が悪かったら、死……

そんな俺を見て、蓮《れん》は言う。

「いるんだよ、ＳＳＦは」

変態に殺される――

♥

教室へ戻る途中の廊下――きっと誰の目もなければ、スキップでも始めていたに違いない。
現に私は、全身が羽根のように軽く感じられるせいでちょっと気を抜いただけで足が「ぴょん」となってしまい、これを抑えるので精一杯だった。

文字通り、浮かれていたのだ。

だって、初めてクラスメイトの友達ができたのだから！

「……」

自然と上がりそうになる口角を、気合いで一の字に固定する。

学校の廊下で一人でニヤニヤして、あまつさえスキップまでするのが恥ずかしいことという認識は一応ある。

でも温海《あつみ》ちゃんのことを考えただけですぐに口元が緩んでしまって……ダメだ！　別のことを考えよう！

私は少しでも気を逸《そ》らそうと、歩きながら他クラスの様子を窺《うかが》った。

一階には下級生——すなわち一年生の教室が並んでいる。彼らもまた桜華祭《おうかさい》に向けての準備の真っ最中だ。どこのクラスも心なしか浮き立った雰囲気がある。

私も含めた皆が桜華祭を楽しみにしている。そんな当たり前のことを再確認して、どうしようもなく嬉《うれ》しくなった。

そんな時のことだ。

「——こはる——ん!!」

ふいに、聞き覚えのある声で名前を呼びかけられた。

私のことを「こはるん」呼びするのは、知る限り彼女しかいない。

「ツナちゃん？」

十麗子《つなしれいこ》。夏休み、お化け屋敷のバイトで一緒になった女の子だ。

そういえば彼女は一年生だっけ――なんて考えながら、声のした方へ振り返って、

「こはる―――ん！」

「ひぎゃあっ⁉」

悲鳴をあげてしまった。

だって、すぐ後ろからピエロの面をかぶり、右手にナイフを振りかぶった怪人が追いかけてきたのだから！

「殺人鬼っ⁉」

「……あっ、ごめんお面つけたまんまだった」

殺人ピエロが面を外す。お面の下には案の定ツナちゃんの可愛《かわい》らしい顔があった。

分かっていても心臓に悪い！

「つ、ツナちゃんもうわざとやってるでしょ⁉」

「いやですねぇ、うっかりですようっかり、アハハ」

うっかりで心臓を止められたらたまったもんじゃない。

私は未《いま》だにばくばく鳴る心臓をなだめながら彼女を見る。前回はバイト中だったから、彼女の制服姿を見るのは初めてだ。

「ツナちゃん久しぶり！　お祭り以来だよね？」

「ええ全くですよ！　せっかく友達になったんだから、もっと早くボクのクラスに来てくれてもよかったのに！　こはるんときたら夏休みが明けても一向に遊びに来ないんですもん！」

「そ、それはごめん！　……ツナちゃんは遊びに来ないの？」

「上級生のクラスなんて怖くて行けるわけないでしょ！」

自慢げに言うことではないと思うが……相変わらず私にも負けない人見知りっぷりだ。

それはともかく。

「ツナちゃん、なんでそんなカッコしてるの……？」

「ふふん、よくぞ聞いてくれました」

ツナちゃんは自慢げに言って控えめな胸を張る。きっと最初からこれを自慢したくてたまらなかったのだろう。

「なんとボクたちのクラスの模擬店はお化け屋敷なのです！　ボクがゴリ押しました」

「えっ、す、すごい！　得意分野じゃん！」

ツナちゃんがナイフ（もちろん作り物）片手にへへんと鼻を鳴らす。

ご存じの通り、彼女はその可愛らしく儚《はかな》げな外見に見合わず、重度のホラーオタクだ。お化け屋敷のバイトを始めたのも同じ趣味の友達を作るためだったと聞いている。

ゴリ押しという部分は気になるけど……それでも桜華祭《おうかさい》で好きなことができるのは素直に

羨《うらや》ましい。

「夏休みのバイトの成果、今こそ見せる時！　このスクリーム・クイーンが桜華祭《おうかさい》を恐怖のどん底に叩《たた》き落としてあげますよ！　わはははは」

ちょくちょく表現が怖いけど、でもまぁツナちゃんが楽しそうだからいっか。

私は半ば思考停止して、とりあえず鼻高々な彼女へ拍手を送る。

すると——

「——ノンノン、スクリーム・クイーンは直訳すれば悲鳴の女王、主にホラー作品を絶叫で演出する女優のことを言うんだよ。キミは絶叫させる側でしょ、一年生ちゃん」

「なにやつ⁉」

突然、視界の外から女の人の声がして、ツナちゃんは猫のように飛び退《との》いた。

私は声の聞こえた方へ目をやって、そしてチョコバーを咥《くわ》えた彼女と目が合う。

後ろで髪をまとめ、いわゆるハーフアップお団子ヘアにした彼女の名前は——丸山葵《まるやまあおい》。なんの偶然か、次に仲良くなろうと決めた彼女の姿がそこにあった。

「丸山さん……？」

「あ、佐藤《さとう》さんじゃん、おっすー」

丸山さんがチョコバーを齧《かじ》りながら言う。

こ、声をかけてくれた！　丸山さんが、私に⁉　こんなのは初めてのことだ！　これは仲良くなるための絶好のチャンス――！

……のはずなのに悲しいかな人見知り。

知的な丸山さんと仲良くなるためのうぃっとに富んだ会話について考え始めたら、途端に緊張して、身体《からだ》が石のようになってしまった。

やっぱり「おっすー」って言われたからには私も「おっすー」と返すべき……!?　いや、根暗が無理するなとか思われないかな!?　無難に「こんにちは」とか？　それもどうなの!?　というかこの時間帯なら「こんばんは」……!?

挨拶《あいさつ》一つ返すのもままならない。

ダメだ、私の悪い癖が出てしまう――

「――はぁぁ――――っ!?　なんですか知識マウントですかぁ――――っ!?」

と思ったらその刹那《せつな》、ツナちゃんが廊下中に響き渡るぐらい大きな声をあげたので、私はびくりと身体を震わせた。

見ると――いつの間に!?　顔を真っ赤にしたツナちゃんが私を盾にして、丸山さんを威嚇《いかく》しているじゃないか！

「知ってましたしぃー!!　それぐらいボクも知ってましたしぃー!!　いきなり現れてなんですかあなたは!?　非常識オタク！」

「ちょっ、ちょっとツナちゃ……!?」

「ほ————ん、そっか知ってたのかぁ」

先輩を先輩とも思わないツナちゃんの挑発が癪《しゃく》にさわったのか、丸山《まるやま》さんがいっそうニヤニヤしながらツナちゃんとの距離を詰めようとする。一方でツナちゃんは、丸山さんが近付いたら近付いた分だけ私の身体《からだ》で隠れるよう対角線上へ回り込む。

ツナちゃん！　私を軸にして公転しないで!!

「じゃあアレですか!?　チビの先輩はスクリーム・クイーンの元祖が誰か知ってるんすか!?」

「チビの先輩!?　ツナちゃんその呼び方はちょっと失礼……！」

「チビの先輩じゃなくて丸山 葵《あおい》ってゆーの、そして元祖スクリーム・クイーンは『ビッグコング』のフェイ・レイラ」

「丸山さん!?」

「ふ————ん！　そんなの常識中の常識じゃないですか！　知らない人は文化レベルが低いんです！　図に乗らないでください！」

二人とも私の周りをぐるぐる回りながら言い合わないで！

こんな異常な状況じゃ、私の悪い癖が出る余裕すらない！

「ふうん？　言うじゃん一年生ちゃん。あっ、その仮面はリメイク版の殺人ピエロ、オリジナルの方が知名度高いし出来も良かったと思うけど、なんでそっちにしなかったの？」

「一年生ちゃんじゃありません十麗子《つなしれいこ》です!!　そしてこれはボクがリメイク版をリスペクト

してるからですっ!! 懐古厨《ちゅう》! 化石脳味噌《のうみそ》! 帰れ!」

や、やめて……! ツナちゃん私の身体《からだ》越しに口論するのをやめて……! なんか私まで丸山《まるやま》さんからの好感度がゴリゴリ下がっていく気がする!!

しかも「廊下のど真ん中で」「上級生の周りをぐるぐる回りながら」「激しく口論する二人の小柄な女子」という奇妙すぎる絵面のせいで、嫌なタイプの注目が集まり始めた! 顔から火が出そうなぐらい恥ずかしい! せめて私だけでも帰して!

そんな願いが天に通じたのだろうか。

「あーはいはい、懐古厨は大人しく巣に戻りますよ~っと」

先に折れたのは丸山さんの方だった。

丸山さんは手を振る代わりに、食べかけのチョコバーをひらひら振って、その場を立ち去る。

そんな彼女の後ろ姿が完全に見えなくなるまで、私の陰に隠れたツナちゃんは「う――っ」と野犬みたいな唸《うな》り声をあげて威嚇《いかく》していたわけだけれど……

……これ間違いなく丸山さんに嫌われたたな。

将を射んと欲すればまず馬を射よ作戦、開始十分足らずで失敗。私はがっくりと肩を落とした。

「……こはるん」

「どうしたの、ツナちゃん……」

溜息混《ためいき》じりに言って、ツナちゃんの方を見る。

すると彼女は……なんだか今までに見たことがないぐらいソワソワしていた。さっきまでの威嚇顔はどこへやら、心なしか興奮しているようにさえ見える。

「……あの人、丸山葵《あおい》さんと言いましたか」

「え？　あ、うん、そうだけど……」

「いい人ですね……！　今度改めて紹介してください！」

「へっ？」

予想外の台詞《せりふ》が飛び出してきたものだから、思わず聞き返してしまった。

あれ？　二人ともさっきまで喧嘩《けんか》してたんだよね……？

「──え？　あれは別に喧嘩してたわけじゃないよ？」

丸山さんもまた、あっけらかんとそう答えるものだから、とうとう私は意味が分からなくなってしまった。

ツナちゃん曰《いわ》く「いやいやこはるん、あれは喧嘩じゃないですよ、なんなら丸山センパイに直接訊《き》いてみてください」とのことなので、わざわざ追いかけていって半信半疑ながら尋ねてみたところ、本当にツナちゃんの言っていた通りの答えが返ってきた。

ちなみに丸山さんは二階へ上がると、教室に戻るのではなく人気《ひとけ》の少ない廊下の奥の方へと進んでいって、新しいチョコバーに口をつけ始めた。

「おやつ休憩おやつ休憩、議論をするとお腹が減るからね」

とは本人の談。そんなにおやつばかり食べて、晩御飯が食べられなくなったりしないのだろうか……

「オタク同士の会話ってああいうものなのだよ佐藤氏《さとう》ぃ～」

丸山《まるやま》さんが冗談っぽく言って、からから笑った。

佐藤氏……？

どうやら丸山さんとツナちゃんのコミュニケーションは、私のコミュ力ではまだまだ到底理解できないぐらい難解なものらしい。

ともかく二人は喧嘩《けんか》をしていたわけではないと、それが分かっただけでも安心した……

「まあ佐藤さんに化石脳味噌《のうみそ》って言われた時は正直傷ついちゃったけど……ううっ」

「あれはツナちゃんだからっ!?　私じゃないから！」

丸山さんが泣き真似《まね》しながらそんなことを言うので、私は慌てて否定した。

そしたら丸山さんは、ちらりと私の表情を窺《うかが》って、

「……そんなことより私は佐藤さんに驚いたよ」

「えっ？　私？」

私は何か丸山さんから驚かれるようなことをしただろうか？

途端に不安になって、さっきまでのやり取りを必死で思い返そうとしていたら、丸山さんが言う。

「佐藤さん、普段はもっと不愛想じゃん、こんなに表情豊かだと思わなかった」

「えっ？」

返ってきたのが予想の斜め上の回答だったので、素《す》っ頓狂《とんきょう》な声をあげてしまった。

私だって、自分が愛嬌《あいきょう》たっぷりの愛され女子だと自惚《うぬぼ》れるほど自分を客観視できていないわけじゃない。

自分があがり症で、緊張すると人への対応が少しそっけなくなるのは、もちろん自覚している。

とはいえ客観的に見て……

「い、言うほど不愛想じゃないよね、私……？」

「ウッソ自覚なかったんだ、めちゃくちゃ不愛想だよ」

「!?」

雷に打たれたような衝撃。

「ぶっちゃけクラスメイトの誰とも仲良くなりたくないのかと思ってたし」

「！？！？」

再び雷に打たれたような衝撃。

二度も雷に打たれれば、もうすでに満身創痍《まんしんそうい》だ。

でも、たとえ死にかけでもこれだけは聞かなくては……！

「笑顔……」

「えっ？」

「笑顔は……できてるよね……？」

丸山《まるやま》さんが目をぱちくりさせた。

そしてしばらくこちらを見つめたのち「ぶはっ」と噴き出す。

「ははは！　笑顔って、ないない！　嘲笑《ちょうしょう》かと思ったよ！」

「ちょっ……!?」

「佐藤《さとう》さんはもう少し自分を客観的に見た方がいいかもね〜」

すさまじい落雷が私の脳天からつま先までを駆け抜け、死に体の私へトドメを刺した。

嘲笑……？　私が笑顔だと思っていたもの、嘲笑!?

そんなんじゃ友達を作るどころか、話しかけてもらうことだって……

「で、でも押尾《おしお》君は笑顔ができてるって……」

「そりゃ恋人だから気ぃ使われただけ、押尾颯太《そうた》、カレシなんでしょ？」

「！？！？！？」

たった数往復のやり取りで、もう一生分のショックを受けた気がする。

いいや、そんなはずはないと否定したかったけれど——考えれば考えるほど心当たりが多すぎる。

むしろ丸山さんの言う通り「私の愛想が絶望的に悪かった」と仮定すると、いくつもの小さな違和感が一気に解消できた。今まで気付かなかったのが不思議なぐらいだ。

そして優しい押尾君が私に気を使って、それを指摘しないでいてくれたというのも十分あり得る話で……

「……もしかして私ってすっごく話しかけづらい……？」

「うん」

——光のような即答で、私佐藤こはるはたった今完全に戦意を喪失いたしました。

「そうなんだ……」

自分でもびっくりするぐらいかぼそい声が出る。

この世の終わりなんじゃないかというぐらい気分が落ち込んでいた。

だって仕方がない……私は友達を作りたいと言いながら、クラスメイトたちに不愛想を振りまき、あまつさえ嘲笑《あざわら》っていたのだ。

こうなってくると、温海《あつみ》ちゃんが友達になってくれたのも何かの間違いかもしれない。私は、本当にダメな女子高生で……なんてうじうじと自己嫌悪に陥っていたら、

「えいっ」

「わひゃっ⁉」

どういうつもりか、丸山《まるやま》さんが脇腹《わきばら》をくすぐってきた。

丸山さんの小さな手が、まるで生き物のように私のおなかを這《は》い回る。

「ちょ、ちょっと丸山さんっ⁉　く、くすぐったっ……あははは！」

あまりのこそばゆさに耐えかね、声をあげて笑ってしまったところでようやく丸山さんのくすぐりから解放される。

し、死ぬかと思った……

「い、いきなりなにするの丸山さん……」

「うん、佐藤《さとう》さん、やっぱり笑った顔の方が可愛《かわい》いじゃん、なんでいっつもあんなに楽しくなさそうな顔をしてるんだか」

「個人的には精一杯楽しい顔を作ってるつもりなんだけど……⁉」

「あはは」

「あはは⁉」

一笑に付された⁉

「ちなみに最近みおみおに絡んでるのはどういう理由？」

みおみお——五十嵐澪《いがらしみお》さんの愛称だ。

どういう理由って、そりゃ……

「……五十嵐さんと仲良くなりたいな、と思って」

「ウッソ⁉　あれで⁉」

丸山さんがお腹を抱えてゲラゲラ笑いだす。

実に楽しそうに笑う彼女だが、その一方で私の顔は急速に熱を帯びていった。

きっと今、私の顔面はレッドアップルヨーグルトスムージーも顔負けなくらい、鮮やかな赤色に染まっていることだろう。

なんとなく会話の流れからこうなることは予想してたけど……穴があったら入りたい！

「そっ、そこまで笑わなくてもいいじゃんかぁ……っ！」

「あはははは！　ご、ごめ……面白すぎて……！　佐藤さんがこんなに面白い子だって思わなかったから！　ひーっ！」

「……！」

いよいよフグみたいに頰《ほお》を膨らませて、無言で彼女に抗議した。

丸山さんは、意地悪だ‼

そしてその抗議が通じたのか、丸山さんは笑いすぎて滲《にじ》んだ涙を拭《ぬぐ》いながら「ごめんごめん」と謝ってくる。

「ひー――っ……し、死ぬかと思った……あっ、ウソウソごめんって！　……そうだ！　佐藤さんはみおみおと仲良くなりたいんでしょ？　だったらお詫《わ》びになんでも一つだけ教えてあげるから！」

「……なんでも？」

「そ、なんでも！　フタバのお気に入りのカスタマイズからスリーサイズまで！」

そう言って、丸山《まるやま》さんはニシシと笑う。

なんでも一つだけ教えてもらえる――これは五十嵐《いがらし》さんと仲良くなるうえで、相当なアドバンテージだ。

たとえばフタバのお気に入りのカスタマイズを教えてもらえれば、それをとっかかりに話ができるし、スリーサイズは……五十嵐さんぐらいスタイルがいいと、個人的に気になる。

この降って湧《わ》いたような絶好のチャンスを前に、私は熟考した。

そしてたっぷりと時間を使って考え、ついに私は一つの質問を投げかける。

「――丸山さんって映画が好きなの？」

「へっ？」

それまでニヤニヤ笑っていた丸山さんが、虚をつかれたような反応を示した。

「……それって私に対しての質問じゃない？」

「うん、五十嵐さんへの質問じゃなきゃダメとは言われなかったから……」

「いや別にいいけど……みおみおのこと聞かなくていいの？　友達になりたいんじゃなかったの？」

丸山さんが心底不思議そうに、逆に私を質問攻めにしてくる。

……もちろん五十嵐さんとは仲良くなりたい。フタバのお気に入りのカスタマイズも、スリーサイズも当然知りたい。でも、だからこそ……

「……そういうのは本人から直接聞くべきだと思って」

それが私の導き出した答えだった。

将を射んと欲すればまず馬を射よ――作戦を立案してくれた押尾《おしお》君には悪いけれど、やっぱり私には無理だ。誰かと友達になるための友達を作るなんて、そんな器用なこと私にはできない。

なにより――

「今、私の前にいるのは丸山さんだから」

――私は、個人的に丸山さんと友達になりたいと思っている。

意地悪ばっかり言われてちょっとは頭にきたけど……それでも私は、彼女に興味がある。

「質問ついでにお願いしたいんだけど……私が五十嵐さんと仲良くなりたいと思ってること、五十嵐さんには言わないでほしいの。温海《あつみ》ちゃんにも伝えてくれるとうれしいな」

「ふーん、ひばっちとも友達なんだ……で？　それまたどうして？」

「だって、そうしたらまるで私が五十嵐さんに紹介してもらうために二人と仲良くなったみたいで嫌な感じがするから……二人とは、ただ友達になりたいんだ」

「ホントにいいの？　佐藤《さとう》さん不愛想だし、お互い話しかけることもできないかもよ～」

「うぐっ」

さっきのことを蒸し返されて、堪《たま》らず呻《うめ》いてしまう。

そ、それはもちろん、すごく傷ついたし、落ち込みもしたけど……

「だからこそ一人で頑張りたいの。そうしないと多分、これからも誰かに頼り続けちゃうから」

これが私の心からの本音だった。

丸山《まるやま》さんは「ふ————ん……」と私の言葉を咀嚼《そしやく》するような仕草を見せたのち、

「佐藤さんって意外と頑固だね～、生きづらそ～」

「生きっ!?」

ひ、ひどいっ!?

抗議の声をあげようと、彼女を睨《にら》みつけたところ……

「……ま、その不器用さは嫌いじゃないかも、たぶんみおみおも同じだと思う」

丸山さんがぽつりとそんなことを呟《つぶや》いた。

今までの彼女とは違った真面目なトーンに少しだけ驚く。すると丸山さんは取り繕うように、にかっと笑って言った。

「ま、それはともかく約束だから答えるよ。私が映画好きか、だっけ？　ちなみにどうしてそんなことを聞こうと思ったの？」

「さっきツナちゃんと熱く語り合ってたから……丸山さんにとって大事なことなのかと思って」

「大事なことかぁ……」

丸山さんは噛《か》み締めるように言って、「うんうん」と何度か頷《うなず》く。

「そうだね、私は映画が好きだね、めちゃくちゃ。映画だけじゃなくて、ドラマにマンガ、演劇に落語、特に……小説は大好き」

「小説？　それはどうして？」

「そりゃもちろん、私が未来の大文豪だからですよ」

丸山さんが冗談めかして言う。

未来の文豪？　それって、もしかして……

「書いてるの!?　丸山さんが！　小説を!?」

「へへっ」

丸山さんは言葉で肯定する代わりに、Ｖサインを作った。

「すご――――いっ!?」

小説を書いている人なんて生まれて初めて見た！

私は興奮から思わず前のめりになり、ぱちぱちと拍手をする。丸山さんは、どこか照れ臭そうだ。

「あ――――……ちょっと冗談っぽく言ったのにそこまで褒《ほ》められるとハズいっちゅーか

……小説書くぐらい、そんなに大したことじゃないし」

「何言ってるの!?　すごいことだよ！　なにもないところからストーリー考えられるってことでしょ!?　才能あるよ！」

「書けるだけで……？」

「私は書けないもん！　ねえねえねえどうやったらストーリー思いつくの!?　やっぱりキャラクターは実際にモデルがいたりするの!?　インスピレーションはどこから……」

「しっ、質問攻めウザい！　近い！」

丸山《まるやま》さんが前のめりになった私を両手で押し返しながら言った。

どうやら照れているらしく、さっきまで余裕たっぷりの小悪魔といった風情だったのに、今は頰《ほお》を赤らめて私から目を逸《そ》らし続けている。

ここだけの話、めちゃくちゃ可愛《かわい》らしい。

そして丸山さんは視線を斜め下に向けたまま、口を尖《とが》らせた。

「べっ別に褒《ほ》められたことじゃないし、私にはこれしかないだけだし……物書きなんて所詮《しょせん》は裏方の仕事だよ、褒められるべきは私が書いた作品だけ」

丸山さんは、なんだか達観した風に言う。

その台詞《せりふ》は素直に「うわぁ、いかにも芸術家って感じでカッコいい！」と感動したけれど、それはそれとして——私は首を傾《かし》げた。

「これしかないって言い切れるのは、それだけで褒められることだと思うけど……」

「っ」

丸山さんがはっとなって、そこで久しぶりに私の目を見た。彼女は驚いたように目を丸くしている。

……そんな風に見つめられると恥ずかしい。私は照れ隠しに頬を掻《か》きながら続けた。

「わ、私なんて不器用だからなにやっても失敗してばっかりだもん！　だからもっと頑張って丸山さんに追いつかなくちゃ」

「佐藤《さとう》さん……」

丸山さんはそのまましばらく固まって、今度はくつくつ笑い出す。

また何か変なことでも言ってしまっただろうか……そう思って不安になっていたら、彼女はぽつりと。

「……中学の頃、みおみおにも全く同じセリフを言われたよ」

「えっ？」

「案外、二人は気が合うかもね」

丸山さんは「ニシシ」と無邪気に笑い、踊るように身を翻す。

「んじゃ、私はこはるがみおみおと仲良くなれるよう陰ながら応援してるよ！　ちなみに私たち演劇同好会は放課後に校舎裏で練習してるから、よかったら見に来てね〜〜！」

そして彼女は最後にそう言い残すと、まるでつむじ風さながら、その場から走り去って行ってしまう。うら寂しい夕暮れの廊下に、私一人がぽつんと残された。

「……丸山《まるやま》さん、さっき私のこと名前で呼んだ？」

呟《つぶや》いてみるも、答えてくれる人はいない。

果たして私は丸山さんと友達になれたのだろうか……？　いかんせん、友達が少ないもので分からない――言ってて悲しくなってきた――が、ともかく決意は固まった。

私はぐっと拳《こぶし》を握りしめ、自らの目標を口にする。

「――絶対に五十嵐《いがらし》さんと仲良くなろう！」

なんてったって、丸山さんが応援してくれたのだ！

――今まさに私発案「五十嵐さんと仲良くなろう作戦」が始動した。

二枚目　仲良くなろう作戦

桜華祭《おうかさい》まで、あと十日。

私たち演劇同好会の三人は、今日も今日とて放課後校舎裏での演劇練習に励んでいる。

「――呪《のろ》いの茨《いばら》なんて怖くはない。私はゆくぞ、世にも美しい〝眠り姫〟を迎えるために」

王子様役のひばっちが、いつもの間延びした口調とは一転して凛々《りり》しい声で言う。

ひばっちの声はよく通る。背が高いおかげか、綺麗《きれい》な低音を発することができるのだ。王子様役はまさしく彼女にうってつけと思えた。

「――かくして王子は、いばら姫の待ついばらの城へと向かいました。張り巡らされたいばらは王子が近付くと、まるで生きているかのように道を開き……」

ナレーションを担当するのはわさびだ。なんと言っても彼女は滑舌がよく、アドリブ力も高い。もしも私たちがミスをしたとしても、すかさず裏方からフォローに入ってくれる。私たち演劇同好会の頼れるブレーンであった。

そして次にいばら姫役である私の出番――のはずだったが。

「……みおみお、今日はもう切り上げよう」

「えっ⁉」

わさびが突然そんなことを言い出したので、私は驚愕《きょうがく》の声をあげてしまった。

「ま、まだ1時間しか練習してないのに⁉」

「今日はクラスでの桜華祭準備に時間をかけすぎたね、……もう大分暗くなってきた」

わさびの言う通り、校舎裏は仄暗《ほのぐら》い宵闇《よいやみ》に包まれている。近くに電灯があるとはいえ、足元はもうほとんど見えないのが現状だ。

「ウチがちゃんと部活として認められていれば……」

もしも演劇同好会が正式な部活として認められていれば、明るい室内で練習ができたはず。そう思うと歯嚙《はが》みをせずにはいられなかった。

「桜華祭まで、そんなに時間もないのに……」

今のクオリティでは、到底人の胸を打つ演劇には――演劇同好会へ新たな部員を引き込むような演劇には届かない。せいぜい「上手だね」で終わってしまう。

どうにかして練習を続ける方法はないかと頭を悩ませていたら、さりげなくわさびが近くへ寄ってきて、

「……ひばっちもそろそろ家に帰らないといけない時間だから」

「あ……！」

わさびに耳打ちをされて、ようやく思い出した。

そうだ、ひばっちには幼い二人の弟がいる。長女であるひばっちは彼らの面倒を見なければいけないので、いつもなら日が暮れる前に練習を打ち切るのに、気付けなかった。

ひばっちがしきりに時計を気にするような仕草を見せてたにもかかわらず……

——ダメだ、焦りが出ている。

「そ、そうね！　こう暗くちゃお互いの表情も確かめられないし、続きは明日にしましょうか」

「さんせーい」

「う、うん！」

私の合図で三人は帰り支度を始める。

ひばっちが気を使わないよう、努めて明るく言ったつもりだったけど……多分、ひばっちは気付いているんだろうな。結局はわさびにフォローしてもらったわけだし……

こういう時、自分の不甲斐《ふがい》なさを嫌と言うほど感じさせられる。

「じゃあ二人とも、また明日ね」「じゃねー」「また明日ぁ」

彼女らへ別れを告げ、私は一旦《いったん》校舎の陰に身を隠すと、彼女らの姿が見えなくなってから再び校舎裏へ戻ってくる。

当然、一人で練習を再開するためだ。

「……私が皆を引っ張らなくちゃ」

わさび、ひばっち、これ以上二人に迷惑はかけられない。

人の心を打つ演劇が無理なら、私一人だけでも人の心を打つような演技をすればいい。それが演劇同好会会長としての、私の役目だ。

才能あふれる彼女らとは違って、私にはこれぐらいしか取り柄がないのだから——

「よし」

私は周りに人の姿がないのを確認すると、軽いストレッチを始めた。集中する時はいつもこれをやる。昔からのクセだ。

そして最後に深く深呼吸をして、練習を始める。

「——ああ王子様、あなたの口づけが、私を一〇〇年の眠りから覚めさせました」

王子のキスで、いばら姫にかけられた呪《のろ》いが解け、眠りから目覚めるクライマックスシーンだ。

私は集中力を研ぎ澄まし、雑草の生い茂ったうら寂しいこの場所こそが舞台であると、自らに暗示をかける。

イメージ、イメージが重要だ。

当日着る予定になっているドレスのはためき、ステージの上のいやに澄み切った空気、静寂、熱を感じるぐらい眩《まばゆ》いスポット・ライト。

そして私の一挙一動に注目する、観客たちの視線。

「一〇〇年待ちました。あなたこそが私をこの城から連れ出してくれる、運命の人で――」

私は姫だ。いばらの姫だ。

そして私は、確かに目の前にいる王子様へ、愛の告白を――

「ぶっ!?」

――しようとして、盛大に噴き出してしまった。

イメージの王子様(ひばっち)が「ちょっとみおみお汚いよぉ」なんて顔を拭《ぬぐ》いながら消えていった。同時に舞台そのものが消え、元の雑草だらけでうら寂しい校舎裏が戻ってくる。

なんでそんなことになってしまったのかというと――薄闇《うすやみ》の中、校舎の陰からこちらを覗《のぞ》き込む彼女の姿を認めてしまったせいである。

「佐藤《さとう》こはる……!」

そう、いったいどういうつもりなのか、校舎の陰からあのにっくき佐藤こはるが、じ――っと私を見つめているのだ。気付かれていないつもりなんだろうか?

――ちなみに、これが初めてではない。

佐藤こはるは……どういうわけか、ひばっちとわさびが帰ったあと、私が一人居残って自主練をするタイミングになるときまって姿を現すのだ。

……初めは私が一人になったのを見計らって、闇討《やみう》ちでもかけるつもりなのかと思っていた。

だからこそ最初の方は、彼女を見つけるなりすぐ逃げるように練習場所を変えていたのだが

――どうやらそういうつもりではないらしい。

彼女はただああやって、小動物か何かみたいにじ――――っとこちらを見つめているだけで、何もしてこないのだ。本当に、何も。

目的が分からないぶんかえって不気味な気もしたが……ともかく、それが分かってからの私のスタンスは決まった。

「――ああ王子様、あなたの口づけが、私を一〇〇年の眠りから目覚めさせました」

そう、無視である。

だいたい、佐藤こはるに見られていたからといって、なんだと言うのだ。

桜華祭《おうかさい》当日は多くの観客が私たちの劇を見に来る。彼女一人の視線を気にしているようでは、人の心を打つ演劇なんて、夢のまた夢だ。

集中集中……ここは舞台、ここは舞台……

「夢の中で一〇〇年待ちました。あなたこそが私をこの城から連れ出してくれる、運命の人で……」

イメージ、イメージが大事……

「どうか私を……外の世界へ……」

――いや無理だわ!!　すこぶる気になるわ！

私は隅に寄せておいたカバンを拾い上げ、足早に退散する。

悔しい！　佐藤《さとう》こはるごときに邪魔されるなんて……！

いったい彼女は何が目的なんだ！　もういい！　次来たらガツンと言ってやる！　絶対にこっちから逃げ出したりはしないからね！

♠

桜華祭《おうかさい》まで、あと五日。

朝、俺が登校すると机の上に盛り塩がされていた。

いや、マジで何を言っているのか分からないと思うけど、言葉の通りである。机の中央に小さな皿があり、その上に綺麗《きれい》な円錐《えんすい》の形になった塩が盛られていたのだ。

俺の背中に嫌な注目が集まるのを感じる……。

「蓮《れん》、これ……」

「十中八九、ＳＳＦだろう、縁起がいいな」

隣の席から蓮がこちらも見ずに答える。

……なんだろう、妙に蓮との距離を感じるのだが。

要するに「そんな悪目立ちしてるヤツと仲間だと思われたくない」ということだろう。薄情すぎる。深い溜息《ためいき》を吐《つ》いた。

「最近、ＳＳＦの嫌がらせが日に日にエスカレートしてきたよ……」

塩漬け上履きや岩塩落とし、そして盛り塩……こんなのは序の口で、ヤツらの嫌がらせはどんどん手が込み始めている。

この前なんか、学校に忘れた筆箱が翌朝見てみたら塩釜《しおがま》焼きにされていた。

理科準備室からトンカチを借りてきて、きわめて慎重に塩釜を割り、ちょうどいい塩梅《あんばい》に塩気を帯びた筆箱を救出したのは記憶に新しい。

あの時の嫌な注目の集まり方は、思い出しただけで背筋が冷たくなってくる。よくもまぁ次から次へこんなにも多種多彩な嫌がらせが思い浮かぶものだ。

しかもとりわけ厄介なのは、ＳＳＦの連中が決して犯行の現場を押さえられないよう、秘匿主義を貫いているということである。その徹底した陰湿さのせいで、俺は未《いま》だにＳＳＦのメンバーも、その規模すらも把握できていない。

もしや隣の彼が、もしや隣の彼女がＳＳＦだったとしたら……。そんなことを常に考えて疑心暗鬼になっているものだから、だんだんノイローゼになってきた。

恐るべし、ＳＳＦ。

「だから忠告しただろ、これからはもっと直接的になるぞ」

「そうは言っても……俺はどうすりゃいいんだよ」

「まぁ考えられる対策は一つ、もう佐藤さんとは別れたってことにして、人目のある場所で佐藤さんと絡むのをやめる。そうすればSSFは颯太《そうた》への嫌がらせをやめるだろ」

「学校ではお互い話しかけないってことか？」

「いいや、あの変態集団のことだ。今となっちゃ校外でも監視されるだろう。それこそ芸能人みてーに変装して、こそこそ会うしかねえな。それでも見つかるかもしれんが」

「……嫌だよ」

俺はこれから恋人になった佐藤《さとう》さんとやりたいことが山ほどある。

修学旅行に体育祭、カフェ巡りにショッピング……そして桜華祭《おうかさい》。

高校生の今しかできない、そういったイベントの数々がSSFなどという謎《なぞ》の団体のせいで全て叶《かな》わぬ夢となってしまうなんて、とてもじゃないが容認できない。

そもそも俺と佐藤さんの関係に、やましいところなんてなにもないのだから。

「そうは言っても、このままじゃなにされるか分からないぞ」

「俺が我慢すればなにも問題ないよ。ところで蓮《れん》、佐藤さんが登校してくる前にこれを片付けたいんだけど……盛り塩って普通に捨てても大丈夫かな」

まさか粗末に扱ったことで祟《たた》られたりしないよな？

神事・仏事にはさほど詳しくないので、イマイチ処理に困る。きっとこうして俺が悩むことも含めての嫌がらせなのだろう。

そう思って蓮へ助けを求めたのだが、彼は驚いたように言う。

「颯太……もしかして佐藤さんに言ってないのか？　ＳＳＦのこと」

「言うわけないだろ」

「じゃあお前がこういう嫌がらせを受けてるってこと、佐藤さんは知らないのか？」

「佐藤さんの性格知ってるだろ？　伝えたら必ず気に病む」

俺がこんな目に遭っていると知れば、彼女はまず間違いなく自分自身を責め立てるだろう。

そして一人で思い詰め、きっと蓮が言ったように「人目のつくところでは会わないようにしよう」と提案してくるに決まっている。最悪「押尾《おしお》君に迷惑がかかるぐらいなら別れよう」だってあり得るのだ。

そんなことになったら、俺はどうなってしまうか分からない。

だったら――ＳＳＦの存在は佐藤さんに隠し通すべきだ。

ＳＳＦはファンクラブと名前に冠しているだけあり、決して佐藤さん本人へは手を出さない。俺さえ我慢すれば、それで丸く収まる。

「じゃあなんだ、お前は佐藤さんのために持ち物全部塩漬けにされてもいいって？」

「佐藤さんと別れるより億倍マシだよ、それにＳＳＦだっていつかは飽きるさ」

「……さすがに過保護すぎやしないか」

過保護？

予想もしていなかった言葉が蓮の口から飛び出してきたものだから、俺はしばらく固まってしまった。

「過保護って……俺は佐藤《さとう》さんのカレシなんだから、これぐらいしなきゃ」

「カレシなんだから、ねえ……」

蓮《れん》が含みを持たせた口調で言う。

「ま、颯太《そうた》がそういうつもりなら別に文句はねえけど……王子様とお姫様みてーに守って守られてだけが恋愛じゃねえってこと、忘れんなよ」

「……」

俺は口を噤《つぐ》んだ。

蓮の言わんとしていることが理解できないわけではない。でも、現状で他に方法が思い浮かばなかったのだから仕方ないだろう。

それに最近の佐藤さんは五十嵐《いがらし》さんと仲良くなるために陰で色々と頑張っているらしい（詳しくは俺にも教えてくれない）ので、心配事は少しでも減らしておきたいのだ。

「今は少し時期が悪いだけだよ、いつかは全部解決する。その時まではたとえ塩を舐《な》めさせられることになったって耐えてみせるさ」

「それはまた殊勝なことで」

「とりあえずはこれを片付けないとね」

俺は盛り塩の皿へと手を伸ばし、塩が崩れないよう慎重に持ち上げる。

すると「カチッ」と妙な感覚が指先へ伝わってきた。

「へ？」

今のはなんだ？

なんて思ったのも束の間——突然、盛り塩が爆発した。

「ぶっ⁉」

「うわっ⁉」

勢いよく四方八方へ飛び散った塩粒が、俺の顔面へ浴びせかけられる。

その際、口の中へ大量に塩が入り、図らずも「塩を舐めさせられることになったって」の伏線を回収してしまったが、別に前フリで言ったわけではない。

蓮も含めたクラスメイトたちが、塩まみれになった俺を見つめたまま言葉を失っている。俺は彼らの刺すような視線を感じながら、顔についた塩粒を手で軽く払った。

どうやら盛り塩の中に、衝撃に反応して跳ねるおもちゃか何かが仕込んであったらしい。

「……ホウキとチリトリとってくる」

「お、おい颯太、大丈夫か……？」

「ははは、大丈夫大丈夫大丈夫」

大丈夫、心配されなくても俺は大丈夫だとも。

佐藤さんと別れることを考えるぐらいなら、こんなの気にもならない。むしろよく考えつくなぁとSSFの皆さんに感心しているぐらいだ。

……だから俺の目に涙が滲《にじ》んでいるのは、口の中に広がった塩辛さのせいである。

♥

桜華祭《おうかさい》まで、あと三日。

……そう、あと三日。

息を吐《つ》く間もない忙しさの中で時間はあっという間に過ぎていき、気がつけば桜華祭は三日後に迫っていた。

クラスの模擬店準備もいよいよ大詰め。今日も今日とて、私たちは日が沈むまで教室に居残り、準備を進めていたわけだけど……

「……押尾《おしお》君、大丈夫？」

その日の準備も終わり、皆が帰り支度を進める頃、私はたまらず押尾君に声をかけた。

それから妙な間があって、押尾君ははっと我に返ったように答える。

「……えっ？　きゅ、急にどうしたの佐藤《さとう》さん？」

「押尾君、なんか最近疲れてるように見えるから……」

疲れているというか……やつれている？

なんだか妙に周りを気にするような素振りを見せる時もあれば、さっきみたいにぼーっとしている時もある。目元にべっとり張りついたクマも気がかりだ。

……実を言うと、彼にこの質問をするのはこれが初めてではなかった。でも、押尾君は私がこの質問をするたび、いつも明るくはにかみながら、

「いや、はは、桜華祭が楽しみすぎて眠れないんだよね、子どもっぽいかな」

なんて答える。今回もそうだった。

もちろん私だって桜華祭は楽しみだし、最近よく眠れていなくて寝不足気味なところまで同じだけど、でも……どうしてだろう？　気のせいかもしれないけれど、押尾君の疲れ方はそういうのとは違う気がする……

「押尾君、私に何か秘密にしてることある？」

「……ううん、なにも？」

押尾君は変わらず優しい笑顔でこれを否定する。その笑顔に、なんだか少し違和感を覚えたけれど……変な考えはすぐに振り払った。

押尾君が違うと言っているんだ。押尾君を疑うなんてどうかしている。変なのは私の方だ。

「そっか、ならいいの！　桜華祭、楽しみだもんね！　でもちゃんと寝なきゃだめだよ！」

「うん、佐藤さんもね」

「が、頑張る……」

押尾《おしお》君に忠告しておきながら、実は自分が一番自信を持てなかった。

だって、今まで友達のいなかった私にとって、学校行事がこんなにも待ち遠しいと感じたのは、初めての経験なのだから！

なんといったって、今回の桜華祭《おうかさい》には押尾君がいる。それだけでも飛び跳ねるぐらい嬉《うれ》しいのに、なんと友達までいるのだ。

ツナちゃんに温海《あつみ》ちゃん、丸山《まるやま》さんは……まだ友達になれたかわからないけれど、挨拶《あいさつ》ぐらいなら返してくれると思う。多分。

勿体《もったい》ない、私には勿体ないぐらいの幸せだ。

でも――

「佐藤《さとう》さん、まだ五十嵐《いがらし》さんと仲良くなれてないこと、気にしてる？」

……押尾君には私の考えていることなんて、すっかりお見通しらしい。

私はこくりと頷《うなず》いた。

「……結局、お喋《しゃべ》りしたのは初めの一回だけで、仲良くなるどころか話もできてない……桜華祭まであと三日しかないのに……」

……私も何度か話しかけようとはした。

でも、どうしても彼女を前にすると「彼女に気に入られなくては」という意識が先にきて、ガチガチに緊張してしまい、声をかけることもままならない。

そしてことごとく話しかけるチャンスを失い続けて、今に至る。

丸山さんに指摘されてから改めて意識するようになったけれど……つくづく自分のコミュニケーション能力の低さを思い知らされた。

「このままだと桜華祭までに五十嵐さんと友達になれないよ……」

自分で決めたことなのについ弱音が出てしまう。

押尾君はそんな私を見て、やっぱり優しい口調で言った。

「……佐藤さん、もしも俺のアドバイスのせいで悩んでるなら、ごめん」

「えっ？」

どうして押尾君に謝られるのか分からず、思わず聞き返してしまう。

「な、なんで押尾君が謝るの？」

「最初に話しかけてきた人と桜華祭までに仲良くなろう、って提案したのは俺だから。もし佐藤さんがそのアドバイスを律儀に守って、気に病んでるなら悪いなと思って……」

「そんなそんなそんな！」

私はぶんぶんとかぶりを振る。悪いだなんてとんでもない！

「押尾君に言われた通り、五十嵐さんと友達になろうと思って頑張ったから、樋端《ひばた》さんと友達になれたんだよ！　最初の予定とは違うけど、それだけでも私にとってはすごく嬉しくて……」

「それは本当に良かった。でもだからこそ、もう無理する必要はないんじゃないかと思って」

「む、無理って？」

「俺はあくまで佐藤《さとう》さんが友達を作るきっかけになればいいと思って提案しただけだから、別にもう無理して俺のアドバイスを守って、五十嵐《いがらし》さんと友達になろうとしなくてもいいんだよ」

「あ……」

ようやく押尾《おしお》君の言わんとしていることが理解できた。

私の最初の目的は、あくまで「桜華祭《おうかさい》までに友達を作ること」で、その目的は温海《あつみ》ちゃんと仲良くなった時点で達成されている。

それなのに私は、最初に決めた「一番最初に話しかけてきた人と桜華祭までに仲良くなる」というルールを、未《いま》だに守り続けているのだ。

「これはコミュニケーション能力の問題とかじゃなくて……人それぞれ合う人合わない人がいるんだ。樋端《ひばた》さんとは気が合うんでしょ？　だったら無理して五十嵐さんと友達になろうとするより、そのぶん樋端さんと仲良くなった方がいいんじゃないかな」

押尾君の言葉に、私はほうと溜息《ためいき》を洩《も》らした。

やっぱり押尾君はすごい。私なんかと違ってずっと大人な考え方をする。

そして暗に諭しているんだ。本来「友達を作るために、誰かと仲良くなろうとする」なんて行為は正しくないということを。

「そっか、そうだよね……」

押尾君の言葉を、何度も自分の中で反芻《はんすう》する。

そんな不純な気持ちで接することは、五十嵐さんに対しても失礼だ。

それなら押尾君の言う通り、偶然的、運命的に仲良くなれた温海ちゃんとの関係を大事にするべきではないのか？

そんな考えが頭の中を巡り、私はしばし考え込む。

でも、やっぱり何度考えても……

「――ありがとう押尾君。でも、私は五十嵐さんと仲良くなりたいな」

私がそう告げると、押尾君はまるで子どものように目を丸くした。今まで見たことのない新しい表情だった。

「……どうして？」

「うん……色々考えたんだけどね、私、無理してないよ」

確かに、最初の頃は押尾君の言う通り、なんとしてでも五十嵐さんと仲良くならなければいけないという使命感があった。五十嵐さんと仲良くなれるかどうかで、今後の高校生活が決まると思っていたからだ。

でも、今は違う。

「温海ちゃんと丸山《まるやま》さんがね、すっごく楽しそうに五十嵐さんのことを話すの」

――みおみおはすごいんだよぉ！　勉強もスポーツも一生懸命で、私なんかと違ってなんでも自分でできちゃうしぃ……それに誰よりも優しいの！

——中学の頃、みおみおにも全く同じセリフを言われたよ。

——案外、二人は気が合うかもね。

あの時の温海《あつみ》ちゃんと丸山《まるやま》さんの顔が脳裏に蘇《よみがえ》る。二人は、まるで自分のことのように楽しそうに、五十嵐《いがらし》さんについて語っていた。

「それを見てたらね……思ったんだ。合う合わないいじゃなくて、そんな五十嵐さんのことをもっと知りたい、仲良くなりたい、友達になりたいって——だからこれは私のわがまま！押尾《おしお》君のアドバイスとは関係なく、私が五十嵐さんと友達になりたくなっちゃったの！」

押尾君が諭してくれたおかげで、かえって自分の素直な気持ちに気付くことができた。

私はただ、五十嵐さんと仲良くなりたいだけなのだ。

「佐藤《さとう》さん……」

……私の身勝手さに驚いてしまったのだろうか？

押尾君はしばらく私を見つめたまま固まっていたけれど……やがて何かを決心したような面持ちで、小さく呟《つぶや》く。

「……そっか、じゃあ俺もその分頑張らなきゃ」

「えっ？」

「ううん、なんでもないよ。佐藤さんがそうしたいなら……うん、いいことだと思う。五十嵐さんと友達になれるといいね、応援するよ」

「う、うんっ！」

やっぱり、押尾君は優しい。

そして私は自分でも呆《あき》れるぐらい単純だ。好きな人に「応援するよ」の一言がもらえただけで、さっきまでの弱気な自分はどこかへ消えてしまい、途端に勇気が湧《わ》いてくる！

なにがなんでも、五十嵐さんと仲良くならないと！

「押尾君のおかげでなんだかやれそうな気がしてきた！　ごめん押尾君！　今日も先に帰ってもらっていい⁉」

「えっ、また？　今日はもう結構暗くなってるけど……本当に一人で大丈夫？」

「だいじょうぶ！　五十嵐さんもこの暗い中頑張ってるから」

「五十嵐さん？」

どうして今彼女の名前が、といった風に不思議そうな顔をする押尾君。

……しまった、これは失言だ。

「あ、いや〜……うん、あはは！　五十嵐、さん、を含めた……クラスの皆が暗い中、暗くなるまで……頑張ってるよね⁉」

「……？　そう、だね……？」

押尾君が首を傾《かし》げながら同意してくる。

よし！　ちょっと怪しまれたけど誤魔化《ごまか》せた！　セーフ！

「そ、そういうことだから！　じゃあ押尾《おしお》君！　また明日！」

「ああ、うん、また明日～……」

これ以上ボロが出る前に私は、スクールバッグを肩に引っかけて、教室を飛び出した。

……危なかった。

もし私が毎日、クラスでの模擬店準備のあと、どこで何をしているのか知れば——心優しい押尾君のことだ。きっと私の手助けをしてくれることだろう。

でも、今回ばかりは押尾君の手を借りるわけにはいかない。私一人でなんとかしないと、意味がないんだ。

そうして私は、いつも通り夜の校舎裏へと向かった。


時刻は19時を回ったところ。

まだまだ残暑とはいえ、この時間になればさすがに陽《ひ》も落ちる。

野球部やサッカー部、テニス部など、屋外での部活組ももうほとんど残っていない。

時たま、「ぱこん」とか「ぼすん」とか、球を打ったり蹴《け》ったりする気の抜けた音が聞こえてくるぐらいだ。

そして、そんな音がまるで別世界から聞こえてくるかのようなうら寂しい校舎裏に、今日も彼女の姿はあった。

「――ああ王子様、あなたの口づけが、私を一〇〇年の眠りから目覚めさせました」

五十嵐澪《いがらしみお》。

彼女はたった一人、この場所で「いばら姫」を演じていた。

……私は知っている。

彼女が嘘《うそ》を吐《つ》いて温海《あつみ》ちゃんや丸山《まるやま》さんを帰し、警備員さんから怒られるギリギリまで、こっそり演劇の練習を続けていることを。

だってもうかれこれ一週間以上、こうして校舎の陰に隠れて、彼女のことを見つめ続けてきたのだから――

「すごい……」

身を隠しているというのに、思わず声に出てしまった。

私は演劇というものに詳しくはないのだけれど、それでも何度見ても驚かされる。一度スイッチを入れた五十嵐さんは、別格だ。

彼女が笑えばこちらまで楽しい気がしてくるし、彼女が泣けばこちらまで胸が苦しくなってくる。

それらは全て、あたり一帯の空気を丸ごと塗り変えてしまうような、彼女の驚異的集中力のなせる業だ。

そう集中力、演技力ももちろんすごいんだけど、なによりすごいのは、五十嵐《いがらし》さんが持つ、鋭い刃物みたいな集中力だ。雑草だらけで電灯がぽつんと一本立つだけのこの場所も、彼女がその気になればたちまち舞台に一変してしまう。

だからこそ……

「夢の中で一〇〇年待ちました。あなたこそが私をこの城から連れ出してくれる、運命の人で……」

見入ってしまう。

彼女の演技に、迫力に、熱に、意識が持っていかれてしまう。

最初こそ、丸山《まるやま》さんに「放課後に演劇同好会が校舎裏で練習をしているから見に来てね」と言われたのを真に受け「そこでなら五十嵐さんに話しかけられるかも！」という安直な考えから見学にきたのだけど……

今の五十嵐さんには話しかけられない——というか、話しかけたくない。

五十嵐さんと仲良くなるという当初の目的すら忘れて、私は連日、彼女の演技に魅入られてしまっていた。

「どうか私を、外の世界へ連れ出してください」

彼女の演技を目に焼き付ける。一言一句、聞き洩《も》らさないように必死になる。

彼女はその演技によって、自分という人間を語っているのだから。

——ふいに、彼女の放つ気迫のようなものが途絶えた。彼女が演技をやめたのだ。

いったいどうしたんだろう？

そう思って目を凝らしていたら……

「……なんか用？」

五十嵐さんが、どことなくうんざりしたような声音で言って、じろりとこちらを睨《にら》みつけた。

初めは、それが自分に向けられた言葉だと分からず、きょろきょろとあたりを窺《うかが》った。しかし温海《あつみ》ちゃんや丸山さんが帰ったあとなので、この場には私しかいない。

「あんたよあんた、佐藤《さとう》こはる」

おかしな話かもしれないけれど、私はその時まで五十嵐さんのことを自分とは無縁な、たとえるなら映画の登場人物のようなものだと、本気で信じていたのだ。

だからこそ突然彼女に名前を呼びかけられて——これはもう、悲しいぐらいに狼狽《ろうばい》してしまった。たちまちガチっと全身が強張《こわば》ってしまう。

「……私？」

「あんた以外にいないでしょ」

五十嵐さんが呆《あき》れ口調で言う。

なんだか、教室で見る五十嵐さんとは少し様子が違って、少し怖い。もしかして勝手に覗《のぞ》いてたことを怒っているのだろうか……

「ここんとこ毎日覗《のぞ》いてたでしょ」

「……気付いてたの」

「気付かれてないと思ってたことに驚きだわ」

あっさり言われて、私は内心顔から火が出る思いだった。

ば、バレてたの!? 練習の邪魔をしちゃ悪いと思って、いつも校舎の陰からこっそり覗いてたのに……！

五十嵐《いがらし》さんは溜息《ためいき》混じりに言う。

「こっち来なさいよ」

「……え？」

「こっち来なさいって言ったの」

やばい、怒られる。人気《ひとけ》のない校舎裏でボコボコにされる……！

「？ なにしてんの？ 早く来なさいよ」

「……殴るの？」

「はぁっ？」

五十嵐さんが素《す》っ頓狂《とんきょう》な声をあげた。お、怒らないで……

「……なんで殴らなきゃいけないのよ。そうじゃなくて、そんなとこで覗いてないで、もっと近くで座って観たらって意味で言ったの」

「へっ？」

全く予想していなかった提案に、今度は私が素っ頓狂な声をあげる番だった。

「……いいの？」

「はっ、毎日覗いておいていまさら何言ってるんだか、なんのつもりか知らないけど、ちょうど観客が欲しかったのよ」

五十嵐さんはふんと鼻を鳴らして、挑発的な笑みを作る。

一方で私は――内心飛び跳ねるぐらい喜んでいた。

いいの!?　本当に近くで見て!?　私ずっともう少し近くで五十嵐さんの演技が見られたらいいなぁと思ってたの！　というか五十嵐さんから話しかけてくれた!?

でも悲しいかな人見知り。緊張しきってしまって、その感情の十分の一も表現できずに、

「わかった」

とだけ言って、彼女の傍《そば》へ寄る。

丸山《まるやま》さんに不愛想を指摘されてからというもの、意識して直そうとしているのだけれど……これぱっかりは一日二日でどうにかなるものじゃない！

ほら五十嵐さんもなんか表情が引きつってるし！

でも、さすがは五十嵐さんだ。

私が正面に立ったのを確認すると、五十嵐さんは一度咳払《せきばら》いをして、私が目の前にいること

なんて関係なく――あっという間に役に入ってしまう。

「夢の中で一〇〇年待ちました。あなたこそが私をこの城から連れ出してくれる、運命の人で……」

不思議なことだけど、物理的な距離は近付いたはずなのに、間近で見れば見るほどかえって彼女が別世界の人間のように感じられた。それほどまでに彼女の演技が真に迫っていたのだ。

ここまでくると、細かな息遣いも、瞬《まばた》きのタイミングも、なにもかもが計算されているのではないかと思える。

それぐらい完璧《かんぺき》に、五十嵐《いがらし》さんは「いばら姫」を演じ切っていた。

私は、時間が経《た》つのも忘れるぐらい没頭した。彼女の演技に夢中になった。

そしてどれくらい時間が経ったのだろう、五十嵐さんが「ふうっ」と大きく息を吐き出し、近くに置いてあった水筒へ口をつける。

すっかり呆《ほう》けてしまって、彼女が練習を終えたのだと気付くまで時間を要した。

「……すごい」

思わず、口をついてその言葉が出てしまっていた。

鳥肌がおさまらない。全身がぞわぞわして、居ても立ってもいられなくなる。

すごい……すごいすごい、すごい！

「――すごいね五十嵐さん⁉」

「ぶっ」

　私がいきなり大声をあげたせいだろうか、水分補給中の五十嵐さんがスポーツドリンクか何かを噴き出した。

「げほっ、げっほ！」

「あぁっ!?　五十嵐さんごめん!?　つい……！」

　慌てて駆け寄ろうとする私を、五十嵐さんが手で制す。

　涙ぐんだ目でこちらを見る五十嵐さんは明らかに困惑していた。彼女は呼吸を整えながら、なんと答えればいいのか迷っていたようだったけれど、しばらく経ってから、

「……佐藤《さとう》さん、そんな大きな声出せたの？」

　なんておかしなことを聞いてくる。

「だ、出せるよ？　得意じゃないけど……」

「そ、そう……それならよかった」

「……？」

　私何か変なこと言ったかな……でもまぁ、本人がよかったと言っているから、気にしても仕方ないか。

　――そんなことより！

「五十嵐さん！」

私はとうとう我慢できなくなって、彼女に詰め寄る。

「な、なによ……？」

五十嵐《いがらし》さんは戸惑いを隠せない様子だ。これまでほとんど話したこともないくせに一気に距離を詰めてきたものだから引いているのかもしれない。

でも、たとえそうだとしても、私にはもう我慢なんてできそうになかった。

「私、演劇とか全然詳しくないんだけど……五十嵐さんの演技、すっっっっっごく良かったよ!!」

「え、えぇ……？」

「本当の本当のホント——に良かったの！　途中から息をするのも忘れちゃったぐらい！」

ああ！　自分のボキャブラリーのなさがうらめしい！

こうして思いのたけをぶつけるぐらいしか、この感動を表現する手段がないのだから！

当の五十嵐さんはもはや困惑を通り越して、とても複雑な表情をしているけれど……

「こ、こんなの別に大したこと」

「あるよ！　たいしたこと、ある!!　私感動しちゃったもん！」

「っ……」

五十嵐さんがきゅっと口を縛る。

照れてるのかな？　さっきまでの凛《りん》とした彼女が嘘《うそ》のようだ。

……そうだ！

「五十嵐さん、ちょっと待ってて！」

「今度はなによ……」

「いいから！」

私はいったん五十嵐さんに背を向けると、持ってきたソレを彼女へ差し出した。

「はいどうぞ！」

それは取っ手のついた、小さな白い紙箱である。

「……なにこれ？」

「フルーツ大福！」

「……なに？」

「ええと、フルーツ大福っていうのは果物が入った大福のことで、この時期だと柿とかシャインマスカットとか……」

「フルーツ大福の説明じゃなくて！　どうしてこれを私に!?　なんの大福!?」

「なんの大福って……」

改めて聞かれると、なんの大福だろう？

私はただ「フルーツ大福美味《おい》しかったし、五十嵐さんにも食べて欲しいな」と思っただけで、しいてこれに名前をつけるとしたら、ええと……

「……差し入れ？」

「そ、そう……ありがとう……」

五十嵐《いがらし》さんが躊躇《ためら》いがちにこれを受け取る。

互いに向きあったまま、しばしの沈黙。

「……その、五十嵐さん」

「なによ？」

「実はね、私も……」

そう言って、私はおずおずともう一つの紙箱を取り出した。

自分用のフルーツ大福である。

「一緒に食べても、いいかな……？」

五十嵐さんはもはや困惑を通り越して、少し怯《おび》えているようにすら見えた気がした。

満天の星空の下、部室棟の近くにあったベンチに二人並んで腰をかけ、フルーツ大福を齧《かじ》る。

お互いに言葉は交わさない。もう学校に残っているのは私と彼女だけらしく、あたりは深い静寂に満ちていた。

……自分でセッティングした状況だけど、なかなかシュールな光景だ。

五十嵐さんは沈黙が気まずいのか、しきりに空の星を見上げている。それでも帰らないでいてくれるのは、ひとえに彼女の優しさだろう。

私はそんな彼女の優しさに甘えることとする。

「どうして『いばら姫』なの？」

五十嵐さんが食べるのを中断してこちらを見る。どことなくこちらの真意を窺《うかが》うような視線だ。

「……別に、皆が知ってて、短くて、三人でもできる劇を考えたらそうなっただけ」

「そ、そうなの？」

「そもそも私、いばら姫って嫌いなのよね」

「えっ？」

私は驚きの声をあげる。

五十嵐さんの言うことがにわかには信じられなかった。だってさっきまでの彼女は、まったく非の打ちどころのないいばら姫を演じていたのだから。

「そ、それはどうして？」

「じゃあ逆に聴くけど佐藤《さとう》さんはいばら姫のストーリー、知ってる？」

「う、うん、知ってるよ」

幼い頃、お母さんから読み聞かせてもらった記憶がある。

簡単に説明すると、魔女から恨みを買ってしまったとあるお姫様が、呪《のろ》いで一〇〇年の眠りについてしまい、それを王子様がキスで目覚めさせるという童話だ。

私は童話に対して好き嫌いを考えたことがないので特にこれといった感想はないけれど……

「だってこのお姫様、ムカつくじゃない」

五十嵐《いがらし》さんは明確に嫌悪を示した。

しかも自らが演じる、いばら姫に対して。

「む、ムカつく?」

「ムカつく、だっていばら姫は何もしてないじゃん。どこの誰とも知らない王子様が寝込みにキスしに来るまで、一〇〇年寝てただけ。私そういう女嫌いなの」

い、言い方! そういう女って!

いや、間違ったことは言ってないけれど……!

「で、でも、五十嵐さんが演じるいばら姫、すごく役になり切ってる感じがしたけど……」

「はっ、私は演劇同好会の会長なのよ? いざとなったら男だろうが死刑囚だろうが豚だろうが演じてやるわよ」

「か、カッコイイ……」

いつもクラスで愛想を振りまいている彼女からは想像もできないぐらい野心溢《あふ》れる物言いに、私はちょっと舌を巻いてしまった。温海《あつみ》ちゃんを助けるために男子の腕に噛《か》みついたという五十嵐さんの気の強さ、その片鱗《へんりん》を見た気がする。

彼女は更に続けた。

「今回はあくまで部員集めのためのデモンストレーション、私たちの技術力を見せつけられれば、私個人の好き嫌いなんて関係ないし……」

ここまで言って、五十嵐さんがはっと我に返ったように話を打ち切る。

「……喋《しゃべ》りすぎた。こんな話、興味ないでしょ」

「ぜ、全然！　むしろ感動しちゃったもん！」

「感動？」

「うん！」

私は力強く頷《うなず》いた。これは本心だ。

「演劇同好会のためなら自分の好き嫌いなんて関係ないって割り切れるの……なんて言ったらいいんだろう。私はそんなに頭良くないから、いい表現が思いつかないんだけど……」

「……あんた夏休み前の期末テスト、学年で二位じゃなかった？」

「えっ？　そうだっけ……」

言われてみればそんな気もする。なんせテストの順位を気にしたことがない（比べる友達がいないため）から、はっきりとは覚えていない。

五十嵐さんが苦虫を噛み潰《つぶ》したような表情をしているのは……私の無頓着《むとんちゃく》さに呆《あき》れているのだろう。き、気を取り直して……

「ええと……そう！　そういう風に割り切れる五十嵐《いがらし》さんは、本当に強いと思う！」

「強い、ね……」

五十嵐さんはその単語を反復して、なんだか物憂げな表情をしていた。

お世辞にとられてしまったのだろうか、あまり嬉《うれ》しそうな表情ではない。私は慌てて言葉を重ねる。

「ほ、ホントだよ！　だってそういうこと私には絶対できないもん！　憧《あこが》れちゃうよ！」

──でも、あとで考えると、これが良くなかった気がする。

「……ふーん、憧れるんだ」

「？　う、うん憧れてる……」

「自分にはこういうこと絶対に真似《まね》できないって？　自分の目的のために好きでもないことをやるなんて、理解できない？」

「そ、そこまでは言ってないけど……」

なんだろう、五十嵐さんの雰囲気ががらりと変わった。

まるで突如として私と彼女の間に、分厚い壁が現れてしまったかのような、そんな印象で……

「──佐藤《さとう》さんは、どうやって押尾《おしお》君と付き合ったの？」

いきなり、五十嵐さんがそんなことを言い出した。

五十嵐さんが私と押尾君の関係を知っていたことにも驚いたけれど、私にはそれをどこで知ったのかを聞くことはできない。

「どうやって、って……」

何故《なぜ》なら言葉の穏やかさとは裏腹に、横目でこちらを見る彼女の眼差《まなざ》しが冷たく、そして鋭かったからだ。

「あの、私が怖いお兄さんたちに話しかけられてるところを、押尾君が助けてくれて……」

「ふうん、ロマンチックじゃない、まるでいばら姫みたい」

五十嵐さんが、にこりと微笑《ほほえ》みながら言う。教室で話しかけてきた時と同じ笑顔だ。あの時は飛び跳ねるぐらい嬉しかったのに、何故だろう、今その微笑みを向けられても、全然嬉しくない……

「――ごちそうさま、美味《おい》しかった」

五十嵐さんが手についた粉をぱんぱんと払い、ベンチから立ち上がる。

「じゃあ夜も遅いし私は帰るわね、大福ありがと」

どうしてか、今彼女と別れたら、もう二度と五十嵐さんと話す機会は巡ってこないのではないかという嫌な予感があり……私は彼女の名前を呼んだ。

「いっ、五十嵐さん！」

スクールバッグを肩に下げ、今にもその場を立ち去ろうとしていた五十嵐さんがちらとこちらを見る。

今だ、今しかない。

私は思いのたけを、彼女にぶつける。

「――ごめん！　本当は私、ずっと五十嵐《いがらし》さんと友達になりたかったの！　五十嵐さんの練習を覗《のぞ》いてたのも最初はそのつもりで――」

「そのことだけど」

五十嵐さんが笑顔で私の言葉を遮る。

星空をバックにした彼女の笑顔は、どこまでも綺麗《きれい》で、どこまでも冷たくて……

「――気が散るから、今度からはやめてね」

気がつくと、五十嵐さんはその場から消えていた。

あまりのショックからその場に立ち呆《ほう》けていたことに気付いたのは、警備員さんから声をかけられた、その後になってからのことだった。

三枚目

あの日の金平糖

……ここに来るまでに色々なことがあった。本当に、色々なことが。

難航する模擬店準備、佐藤《さとう》さんの奇行、そしてＳＳＦの度重なる襲撃……思い返しただけで頭が痛くなってくる。

でも、泣いても笑ってもソレは来る。そんな当たり前のことを、今日この日、俺も含めたクラスメイトの全員が実感していたことだろう。

すなわち今日は——桜華祭《おうかさい》当日である。

「……」

廊下の窓から差し込む朝日がやけに眩《まぶ》しく、目を細める。耳をすませば、ちちちちち、と鳥の鳴く声が聞こえた。

穏やかな陽気の中、俺はやけに静かな廊下をふらふらと戻り、逃げ込むように教室へ入る。

目の前に広がる光景はまさしく死屍累々《ししるいるい》であった。

ある者は壁に背中を預けて項垂《うなだ》れ、ある者は力尽きたように伏し、またある者は余った段ボールの上にねそべり、があがあと寝息を立てている。

当日になっても終わらなかった模擬店準備を仕上げるため、朝早いうちから登校してきたクラスメイトたちだ。もちろん俺もその一人なのだが……改めて見てみると、いかにこの戦いが激しかったのかを実感する。すでに誰もが満身創痍《まんしんそうい》だ。

しかし――

「終わったんだよな……」

俺は教室全体を見渡して、噛《か》み締めるように呟《つぶや》いた。

教室の壁面は隙間《すきま》なく貼り合わせた茶色の厚紙でレンガ造り風に。黒板には依頼書を模した飲食メニューが貼りつけられ、冒険者たちの掲示板風に。

テーブル代わりには――驚いたことに、クラスメイトの一人が親から譲り受けてきた巨大な木樽《きだる》が等間隔で置かれている。なんでも家が酒造業なのだとか。雰囲気は抜群だ。

しかしとりわけ目を引くのは、壁に飾られた鹿《しか》の首の剥製《はくせい》だ。これまたクラスメイトの一人が家から勝手に持ち出してきたものらしい。皆が汚したりするのを恐れて近付かないようにしている。あれ、いくらぐらいするのかな……。

――ともあれ、終わったのだ。

だいぶ滑り込みだったけれど、2のAの模擬店準備は桜華祭開場30分前に完了した。

危うく肩の力が抜けかけたけれど、慌てて気を引き締めた。本番はこれからなのだ。

　俺は教室の中へ入っていって、壁に寄りかかる蓮《れん》を見つけると、その隣に腰を下ろした。

「おーーい蓮、生きてるか」

「ああ、クソ、寝不足で頭がガンガンする……」

「毎日夜遅くまでアイチューブ観てるからだよ、ほら、蓮の分も買ってきたぞ」

「ああ、サンキュ」

　蓮が俺の差し出した栄養ドリンクを受け取って……「ん？」と眉《まゆ》をひそめる。

「颯太《そうた》、なんかこの瓶ざらざらして……うわっ⁉　なんだそのカッコ⁉」

　そして今度は俺を見るなり悲鳴をあげた。

　はて、俺が何か変な格好でも……？　と思いながら視線を下ろしてみて、すぐに納得した。

なるほど蓮はこれに驚いていたのだ。

　……頭のてっぺんからつま先まで、まんべんなく塩まみれになった俺の姿に……

「ああ、これ？　困るよな、ハハ……」

　恐らく栄養ドリンクの瓶にもこの塩粒がくっついてしまっていたのだろう、いやぁ困ったな
という風に頭を掻《か》く。すると袖《そで》のシワに溜《た》まった塩粒がさーーっと床へ流れ落ちた。

　そんな光景を前にして、蓮はいよいよ引いている。

「いや、困るよなじゃねえよ……なんで笑ってられるんだよ……塩引きじゃん……」

「はは……毎日やられすぎてもう慣れちゃったよ、後で床掃除しなきゃ」

「またSSFの連中か?」

「そ」

SSF――塩対応の佐藤《さとう》さんファンクラブ。

塩を用いた嫌がらせもいつかは飽きるだろうと高をくくっていたが、甘かった。塩だけに。

彼らの嫌がらせは弱まるどころか、エスカレートしていく一方だ。嫌がらせのバリエーションも豊かで、ネタは尽きることを知らない。

「今日はまたどんな嫌がらせを……?」

「はは、一階の自販機へジュースを買いに行ったら、偶然廊下でぶつかり稽古《げいこ》をしていた二人の覆面力士から清め塩ぶっかけられたよ。いやぁ桜華祭《おうかさい》当日の朝まで練習熱心だね……」

「……色々ツッコみたいところはあるけど稽古で塩は撒《ま》かねぇ」

そうなんだ、はは、蓮は博識だなぁ。俺なんかもう、ツッコむ気力すらないのに……。

そんな風にやり取りをしていると、ふと、少し離れた場所で座ったまま俯《うつむ》き、こくこくと舟を漕ぐ佐藤さんの姿が目に入った。

……彼女も連日、寝る時間も惜しんで頑張っていたのだ。ここにきてとうとう限界がきてしまったらしい。

「佐藤さん佐藤さん」

「……あ、ぁえ? 押尾《おしお》君? 桜華祭は……?」

「寝惚《ねぼ》けてるね、まだ始まってないよ、ほらこれ佐藤《さとう》さんの分」

そう言って、俺は佐藤さんの分の栄養ドリンクを手渡す。瓶のフタは、あらかじめ緩めておいて。

「わ、わぁ、押尾《おしお》君ありがとう！　いただきます！」

佐藤さんが本当に美味《おい》しそうに、こくこくと喉《のど》を鳴らしながらこれを飲み始めた。

よっぽど喉が渇いていたらしい、その姿が見られただけで、なんだかこちらの疲れまで吹き飛んでしまうような気がする。

「はぁ、これ美味しいね！　ちょっと塩気が効いてて！」

「そ、そう？」

……まぁ、喜んでもらえたようならなにより。

佐藤さんはあっという間にこれを飲み干してしまうと、一息ついたのち、教室全体を見渡した。

「もうすぐ桜華祭《おうかさい》が始まるんだね……」

そう言う彼女の表情は期待感に満ちている。なんせ待ちに待った桜華祭だ。楽しみじゃないわけがない。

でも、どうしてか佐藤さんはその表情に翳《かげ》りを落とす。彼女の視線の先には、教室の隅で項《うな》垂《だ》れる、五十嵐《いがらし》さんの姿があった。

「もうすぐ、桜華祭が始まるのに……」

……ああ、なるほど。

それだけで俺は、彼女の言わんとしていることを察する。ここ数日、佐藤さんの気分が沈んでいるように見えたのも、きっとこれが原因だろう。

要するに、ダメだったんだ。

「私、五十嵐さんに嫌われちゃったかもしれない……」

「……前も言ったけど人間関係、合う合わないっていうのは確実にあるから、あんまり気を落としちゃだめだよ」

「うん……」

捨てられた子犬みたいな落ち込みようだ。

五十嵐さんが元から佐藤さんを嫌っているのもあって、恐らくダメだろうとは思っていたけれど、さすがに可哀想《かわいそう》だ。

「まぁ、なんにせよ桜華祭までに友達はできたわけだから上々だよ！　今回は樋端《ひばた》さんと一緒に桜華祭を回ればいいじゃん！」

「……そう……だよね、うん。ありがとう押尾君」

どうやら、気を取り直してくれたらしい。

ほっと胸を撫《な》で下ろすと、今度は佐藤さんがこちらを見て、

「……あれ？　押尾《おしお》君、なにその白いつぶつぶ、塩？」

「えっ」

どきりと心臓が跳ねる。

——マズイ、疲弊しすぎていて、彼女にこの姿を隠すのを忘れていた。

そう、ＳＳＦの存在は未《いま》だ佐藤《さとう》さんにはバレていない。もちろんこれからだってバラすつもりはない。

「え、えぇと、あの……力士に、頭から塩をかけられて……」

「？？？」

「ほ、ほら！　清め塩って言うでしょ⁉　桜華祭《おうかさい》の成功を祈って清めてもらったんだよ！　はは……」

「全身塩まみれだけど……」

「制服だから大丈夫！　どうせコスプレ衣装に着替えるしね！」

はははははは、と乾いた笑いで誤魔化《ごまか》そうとする。

や、やっぱり苦しい！　いくら佐藤さんが鈍感とはいえ、さすがに怪しんでいる様子で……

「待って……コスプレ？」

佐藤さんが何かに気付いたようにその単語を繰り返す。

これによって、教室のあちこちで力尽きていたクラスメイトたちのうち何人かがぴくりと反応を示した。向こうで力尽きていた五十嵐《いがらし》さんも同様だ。

なんだ？　いったい、コスプレがどうしたというんだ？

……と、ここまで考えてから俺もまたあることに気付く。そして弾《はじ》かれたように腕時計（佐藤さんから誕生日にもらったもの）を見た。

桜華祭の開場まであと20分。俺たちはまだ、制服のままで……

「みんな――――っ!?　早く着替えて――――っ!!」

この非常事態に気付いた五十嵐さんの号令を合図に、教室が一時騒然となる。

2のA模擬店準備は、最後まで慌ただしいままであった。


2のAのコンセプトは異世界喫茶。

そこで今日一日働くこととなる俺たちに求められたのは、各々が考える「ファンタジーらしい格好をしてくること」であった。

ファンタジーらしい格好……これは結構頭を悩ませたが、模擬店とはいえ客商売、なるべく正装に近いものがいい。そう考えた俺は、吸血鬼のコスプレを選んだ。

ドラキュラ伯爵《はくしゃく》、爵位《しゃくい》を与えられているだけあって、さすがに身なりがいい。

白シャツの上には血を思わせる真紅のベストを羽織り、下は黒のパンツ。つけ牙《きば》も忘れずに。

マントが少し邪魔だけど、意外と気に入ったので今年のcafe tutujiのハロウィンはこれを着て接客をするのもいいかもしれない。

空き教室での着替え（ついでに塩落とし）を終え、再び教室へ戻ってくると、見慣れた制服姿のクラスメイトたちが、一様にファンタジーの登場人物へと姿を変えていた。

剣士、踊り子、大道芸人……なかには海賊や忍者なんて変わり種もいる。

ちなみに魔法使いが一番多いのは、簡単にコスプレできる上、一目で見てファンタジー感が伝わりやすいためだろう。各々が自らの「ファンタジー感」に基づいている。

その一方で……

「……蓮《れん》、なんだそのカッコ……？」

「あ？」

蓮が、肩に掛けた丈の長いオ、、、バ、、、ーコ、、、ートをばさりと翻してこちらへ振り返る。

……どこからどう見ても、軍服であった。

「すごいカッコだな……」

「はっ、いいだろ、MOONの物置で眠ってた輸入ものの軍服だ。あんまりにも本格的すぎてコスプレ感が出ちまうからこういう時しか着れねえけど」

「本格的っていうか本物じゃん……ファンタジーなのかそれ……？」

「いいんだよ、こういうのはそれっぽければなんでも、どうせ誰も気にしねえよ」

絶対、自分が着たかっただけだ……

軍帽をかぶり直す彼を半ば呆《あき》れた目で見ていると、おもむろに近くを通りかかった丸山《まるやま》さん（魔女コスプレ）が蓮を指差して……

「あっ!?　こら三園《みその》蓮！　それ四〇年代のドイツ軍服じゃん！　ミリタリカフェにいけ!!」

「……あのオタクは別な」

杖《つえ》を振り回しながらぷんぷん怒る丸山さんを見て、少しだけうんざりしたように蓮が言った。すごいな丸山さん……

さて、丸山さんの後ろにはコスプレをした樋端《ひばた》さんと五十嵐《いがらし》さんの姿がある。

樋端さんのコスプレは——これまたすごい、騎士のコスプレだ。男子顔負けの長身に白銀の鎧《よろい》を纏《まと》い、髪は後ろで結い上げている。

いつもののんびりとした彼女とはまた違う、凜《りん》とした出《い》で立《た》ちだ。

……と思ったら、彼女はにこにこと笑いながら小さくこちらへ手を振っていた。コスプレしていてもちゃんと中身は樋端さんのままである。

その隣に立つ五十嵐さんは——もっとすごい。ドレスで着飾り、丁寧に編み込んだ髪には金のティアラが載っている。一目見てお姫様のコスプレだと分かった。

それというのも、彼女の元がいいというのもあるが——やけに彼女の立ち振る舞いが堂に入っていたためだ。

白い歯を見せて微《かす》かに口角を上げる笑い方も、こつこつと踵《かかと》を鳴らす歩き方も、どれをとっても計算され尽くしている。さながら本物のお姫様のようだ。

演劇同好会の会長なだけある、ということだろうか。

ただそこに立っているだけで、一気にクラスメイト全員の注目を持っていってしまった。

「さっすが五十嵐《いがらし》姫、サマになってるな」

軍服の蓮《れん》がけけけと笑いながら言う。

そういうの性格悪いからやめろよ……そう注意しようとしたところ、ちょんちょんと、小鳥が啄《ついば》むぐらいの強さで肩を叩《たた》かれた。

「うん？」

振り返ってみると――お察しの通り、そこに佐藤《さとう》さんの姿があったわけだが……

「かっ」

彼女のいでたちを見た瞬間、俺の口から意思とは無関係に声が漏れた。勢い余って危うく卒倒しかけたほどだ。

正直今日までずっと期待してはいたし、予想してもいた。それでも俺にはあまりに強烈すぎたのだ、佐藤さんのコスプレ姿は――

「麻世《まよ》さんに選んでもらったんだけど、ど、どうかな押尾《おしお》君……？」

佐藤さんが上目遣いに尋ねてくる。やはりコスプレということもあって、恥ずかしいのか顔が真っ赤だ。

――どうもこうもないよ。あまりに似合いすぎて語彙《ごい》が全部飛んだよ。

佐藤さんが身に纏《まと》っていたのは、ミントグリーンのドレスであった。

しかし五十嵐姫のように煌《きら》びやかなドレスではなく、あくまでも素朴な、花盛りの町娘といった風情だ。頭に巻いたバンダナが彼女の家庭的な印象を手伝っている。

たとえるなら、道行く誰もが振り返るお店の看板娘？　もしくは誰も知らない丘の上でたおやかに咲く一輪の花!?

五十嵐さんのように華やかではないが、そこには温かな可憐《かれん》さがある。寄り添うような奥ゆかしさがある。素朴な、素朴な……ああ、自分の語彙のなさが恨めしい！　とにもかくにも、メチャクチャ可愛《かわい》いということだ!!

――というか肩っっっ！！！　あれだけ嫌がってたのに肩出てるよ佐藤さんっっ！？！？

「に、似合ってるよ……」

あまりのショックに喉《のど》が引きつりかけていたが、なんとかそれだけは言葉にした。心臓に悪いので、努めて佐藤さんの白くて細い肩は見ないようにした。

「ほ、ホント!?　よかったぁっ……」

緊張が解けたらしく、へにゃっと表情を崩す彼女を見て、危うく成仏しかける。

気がつくと、さっきまで五十嵐さんに集中していたクラスメイトたちの視線のうち半分がこちらに集まってきていた。更にそのうちの半分は「佐藤さんのコスプレ」を目に焼き付けようとする視線、もう半分は、俺に対する明確な敵意の視線だ。胃が痛い。

そんな時である。

丸山《まるやま》さんがぱんぱんと両手を打ち鳴らして、強引に皆の注目を集めた。

「はいはいはいはいはい！　皆いつまでも見惚《みと》れてないで！　まだ開場前の挨拶《あいさつ》してないよ！」

俺も含めた皆が、彼女の言葉で我に返る。

そうだ、もう桜華祭《おうかさい》の開場まであと僅《わず》か。放心している場合ではない。

「えー—と、じゃあ挨拶だけど……」

丸山さんがここで一旦《いったん》言葉を区切り、何故《なぜ》かこちらを見てにやりと笑った。

俺がその「にやり」の真意を測りかねていると……

「——じゃあ佐藤《さとう》さんにやってもらおっか！　佐藤さん、ばしーっと気の利いた挨拶！」

「えっ……」

しばしの静寂、そののちに。

「私っ！？！？」

佐藤さんが驚愕《きょうがく》の声をあげる。

この無茶ぶりに驚いていたのは佐藤さんだけではなかった。俺と蓮《れん》も含めたクラスメイト全員がぎょっと目を丸くする。クラス全体にどよめきが起こっていた。驚いていないのは丸山さんと樋端《ひばた》さんだけである。

「わ、わさび、アンタ何考えて……!?」

「みおみおは黙っててね～」

丸山さんのすぐ隣に立っていた五十嵐《いがらし》さんでさえ、これは想定外だったらしい。友人の型破りな行動に目に見えてうろたえている。

しかし丸山さんはそんな彼女を振り切り、つかつかと歩み出て、佐藤さんの前に立ちはだかった。

「ほらほらどうしたの佐藤さん、そんなすっとぼけた顔して」

「え、だだ、だって私、なにも聞いて……」

「早く挨拶しないと桜華祭始まっちゃうよ～」

クラスメイトたちの注目が、一斉に佐藤さんへと集まる。

この前の模擬店決めの時と同じだ。人見知りである佐藤さんにこの状況が耐えられるはずもない。極度の緊張により、彼女の顔からすんっと表情が消えた。

――マズイ！　このままでは塩対応の佐藤さんが出てしまう！

見るに見かねて、模擬店決めの時と同じくすかさず彼女のフォローに入ろうとしたが――

「うりゃっ！」

丸山さんのハチャメチャさはとどまるところをしらない。

なんとこの空気の中で、いきなり佐藤さんの脇《わき》をくすぐり始めたのだ！

これには俺も思わず言葉を失うぐらい驚いたが、クラスの皆にいたっては、もっとだろう。

なんせ彼らの中には「塩対応の佐藤《さとう》さん」のイメージが強く根付いている。

誰をも寄せ付けない高嶺《たかね》の花に――まさかの先制くすぐり攻撃。丸山《まるやま》さんの身を案じ、小さく悲鳴をあげる女子の姿さえ見受けられた。

でも、皆が心配するようなことは起こらず、むしろその逆――

「わひゃっ!? ちょっ、丸山さっ……!? なんでこのタイミングで……あはははは!」

佐藤さんは身体《からだ》をよじれさせ、声をあげて笑っていた。

クラスメイトの皆にとってそれは、いつも教室で塩対応を振りまいている彼女からは想像もできないぐらい可愛《かわい》らしい、普通の女の子の笑顔に見えたに違いない。

その証拠に、誰もがぽかんと口を半開きにして、その光景を眺めていた。

破顔の文字の通り、丸山さんのくすぐり攻撃は、佐藤さんの鉄仮面をいともたやすく綻《ほころ》ばせてしまったのだ。

「なるほど、最初からああすればよかったのか」

隣で蓮《れん》が感心したように呟《つぶや》いた。

俺はもう声も出ない。まさか彼女の塩対応を、こんな力技で……

「ちょっ、ちょっと丸山さん……みんな見てるからぁっ!」

「ほら、佐藤さんリラックスリラックス！ 挨拶《あいさつ》には笑顔が大事だぞ」

「わ、わかった！　わかったからっ！」

「よし！」

丸山さんはそこでようやく佐藤さんを解放する。佐藤さん、息も絶え絶えで挨拶どころじゃない風に見えるんだけど……

「こはるちゃん、がんばれぇ～」

逆にこっちの力まで抜けてしまうような、間延びした声が聞こえてくる。鎧姿《よろい》の樋端《ひばた》さんが小さくガッツポーズを作って佐藤さんを応援していたのだ。

その横で、五十嵐《いがらし》さんが驚いているように見えたけど――彼女の応援は間違いなく佐藤さんの下へと届いた。

佐藤さんはぱっと顔をあげて、クラス全体を見渡す。

皆が皆、佐藤さんに注目していた。全ての意識を集中させて、彼女の言葉を待っていた。

計り知れない羞恥《しゅうち》、失敗できないプレッシャー、彼女の肩には想像するだけでも可哀想《かわいそう》になるぐらい多くのものがのしかかっていた。

耐えかねて、一瞬塩対応が顔を出しかけたが、それでも佐藤さんは……

「っ……！」

ぎゅっと下唇を嚙《か》んで――なんと、抑え込んだ。

彼女自身、あれほど苦しめられていた塩対応を、なんと自らの力で抑え込んだのだ。

そして彼女は、緊張と羞恥《しゅうち》で顔を赤らめながら、教室中に響き渡る声で──

「──きょ、今日はいちにちっ、がんばりましょうっ！」

噛《か》んだ上に、びっくりするぐらい裏返っていたけれど、確かに言い切った。

彼女は言うなり、そそくさと丸山《まるやま》さんの小さな背中に隠れてしまう。

クラスメイトたちが未《いま》だ状況を把握できず呆然《ぼうぜん》とする中、丸山さんはニヤニヤしながら、彼女へ尋ねた。

「それが気の利いた挨拶《あいさつ》ぅ？」

「も、もう無理っ！　恥ずかしくて死んじゃうからっ！」

魔女のマントに顔を埋めながら、悲鳴をあげる佐藤《さとう》さん。顔どころか、首まで真っ赤だった。

──この時、クラスメイトたちの間にある変化が起きていた。

顔の美醜はもちろん、老若男女分け隔てなく、誰に対してもきまって〝塩対応〟。誰をも寄せ付けぬ高嶺《たかね》の花。ついたあだ名が塩対応の佐藤さん。

そんな彼女が、脇腹《わきばら》をくすぐられて涙が出るほど笑い、そして今はたった一言の挨拶のために皆の顔も見られなくなるぐらい恥ずかしがっている。

この凄《すさ》まじいギャップはことごとくクラスメイトたちの心を射抜き、そして──爆発した。

「うおおおおおおっ!!　やるぞおおおおおおおっ!!」

誰が示し合わせたわけでもない。ただ自然とクラスメイトたちの間で、ほとんど同時に雄叫《おたけ》

びが起こった。

信じがたいことに佐藤《さとう》さんのたった一言が、クラスメイトたちを団結させてしまったのだ。

誰よりこの展開に驚いていたのが俺自身だったことは、もはや言うべくもない。

「これはあのオタクが策士だったな、すげえわ」

隣で蓮《れん》が何かを言っていたが、もはや俺の耳には入っていない。

結局俺は、今にも泣き出しそうな佐藤さんがこちらへ駆け寄ってくるまで、その場を動くことができなかった。

●

バカげた熱狂の中、魔女姿のわさびが——わざとらしい、ぴいぴいと口笛なんかを吹いている——こちらへ戻ってくる。

「いやぁ～、皆の前で塩対応の佐藤さんに恥かかせてやろうとしたんだけど失敗しちゃった～メンゴメンゴ～」

「……しらじらしい」

こんな茶番、面白くもなんともない。私はひばっちの方へ目をやる。

「二人ともいったいいつの間に、佐藤こはると仲良くなったのよ」

「仲良くないよ」「仲良くないよぉ」

二人が揃《そろ》ってそんな風に答えるので、私はいよいよ苦虫を噛《か》み潰《つぶ》したような表情になってしまった。

別にいいし、二人が誰と仲良くなっていようが、何を企んでいようが、私には関係ないし。ただ私は絶対に佐藤こはると仲良くなりたくないっていう、それだけのことだから。

♠

かくして開場時間を過ぎ、桜華祭《おうかさい》が始まった。

2のAの「異世界喫茶」――たかが文化祭の模擬店と侮《あなど》っていた部分は確かにあったけれど、認識が甘かった。開店一時間ですさまじい忙しさである。

むしろ文化祭の模擬店ということで回転率が上がっている分、客の入れ替わりも激しく、目の回るような忙しさだ。

でも――本当に目が回るほどではない。

なんせこれ以上の忙しさを、こちとら毎週末に経験してるんだ！

「――樋端《ひばた》さん！　5番卓さんにアッサムティー！」

「は、はぁいっ！」

「蓮《れん》は1番卓と2番卓片付けて！　佐藤《さとう》さんは4番卓さんにアールグレイ二つ！」

「かしこまり〜」

「うんっ！」

こんな風に、お客さんに出す紅茶を淹《い》れながら手の空いたクラスメイトたちへ仕事を割り振っていたら、いつの間にか俺が店を仕切ることになっていた。

気がつけば、桜華祭《おうかさい》でもcafe tutujiとほとんど変わらないことをやっている！

「おー、押尾《おしお》君すげ——っ、適材適所だわ」

「どうも！　じゃあ丸山《まるやま》さんはこの看板持って廊下で宣伝してきてね！」

「……へいへーい」

丸山さんが小さな身体《からだ》に手持ち看板を抱えて渋々と退散する。おしゃべりに紛れてお客さんに出すクッキーを盗み食いしようとしたってバレバレだ。

俺はようやく一段落ついて、教室の様子をざっと見渡した。テーブルは全て埋まって、順番待ちのお客さんが数組教室の外で待機している。なかなかの盛況ぶりだ。

やっぱり各々好き勝手なコスプレをした高校生たちが教室内を駆け回るさまは、いい意味でお祭り感があるのだろう。改めて見て内装も悪くはない。この混雑の理由も頷《うなず》けた。

しかし回転率も悪くなく、現状この人数で余裕をもって回せているので、このまま何事もなければ……

「おい店長」

「店長じゃない！」

蓮から店長呼びをされて反射的に否定してしまった。振り返ってみると、軍服の蓮がうんざりしたような表情で、俺を見ている。

「……どうしたの、なんか問題でもあった？」

「まぁ問題っつーか、問題児っつーか」

「はい？」

「向こうのお客さまがご指名だよ、颯太《そうた》」

……指名？　俺が？　誰から？

「やっぴ〜〜〜！　ソータ君〜〜〜！　遊びにきたよ〜〜〜っ」

「やっぴー」

冗談だろ。

蓮に言われるがままテーブルへ向かってみたら、なにやら見覚えのある二人組の女性が見えて、まさかとは思ったが、そのまさかだった。

三園雫《みそのしずく》さんと根津麻世《ねづまよ》さんのアパレルＪＤコンビだ。

ちなみに「冗談だろ」というのは二人が遊びにきたことに対して言ったわけではない。本来なら歓迎したいぐらいだ。

「へっへ～～～ソータ君なにそのカッコ～～、ホスト？」

――雫《しずく》さんが冗談みたいに酔っぱらってなければ。

「ちょっ!? 雫さんシャツめくらないでくださ……って臭っ!? 酒臭いですよ!?」

「うおお～～い！ ホストだったら優しくしてよぉ！ ほらソータ君王様ゲーム、王様ゲーム」

「そういう店じゃないんすよここは！ ちょっと抱きつかないで！」

ホントに勘弁してほしい！ 雫さんなまじ顔が良いもんだから、さっきから近くを通った男子たちが、すれ違いざますごい目をして俺の脇腹《わきばら》に強めの肘《ひじ》を入れていってるんですよ！

ちなみに蓮《れん》はいつの間にか消えていた。姉の面倒ぐらいきちんと見てくれ！

「本当になにしにきたんですか！」

俺が無理やり雫さんを引っぺがすと、彼女は拗《す》ねたように口元を尖《とが》らせた。

「あによ、ＯＢが母校の文化祭に遊びにきちゃダメだっての？ あ、生一つ」

「そういうことじゃないですよ！ なんで酔っぱらってるんですかって聞いてるんです！ というか高校の文化祭でアルコール出すわけないでしょ！」

「それなのよ！ 缶ビール片手に回ろうとしたらじっこー委員？ とかいうヤツらにつまみ出されちゃって、仕方ないから外でしこたま呑《の》んできたの！ 全くお堅くなっちゃったわよね、高校ってとこは」

「今も昔も高校で飲酒が許可されたことなんてありませんよ！」

というかすでに一回追い返されてるのかよ！　分かっちゃいたけどとんでもない人だな！

「ごめんね颯太《そうた》君、一応止めたんだけど」

「あ、麻世《まよ》さんは別に気にしなくていいですよ、なに飲みます？　ティーバッグで申し訳ないですが……」

「うおぉい!?　ソータ君なんで麻世には優しいんだよぉ！　麻世狙《ねら》いかよぉ！　そりゃそうだよねーっ！　麻世、ソータ君には優しいもんね――っ！」

こら酔っ払い！　これ以上余計なことを言うな！　男子たちからすれ違いざまに入れられる肘の威力が際限なく上がっていくんだよ！

「……じゃあ雫さん、ご注文は？」

「その前にソータ君！　もう一回、私たちに何をしにきたか聞いてみて!?　なにしに桜華祭《おうかさい》にきたのか聞いてみてよ！」

イラッ……

今、危うくお客さんに対して絶対に言ってはいけない言葉が飛び出そうになってしまった。

今は客……今は客……

「なにしにって……遊びにきたわけではないんですか」

「それもあるけど、違うんだな～～っ！　なにしにきたのか聞いてみて！　なにしにきたのか聞いてみて！」

「……なにしにきたんですか」

「へへへ、教えな〜い」

「水ですね、少々お待ちください」

「ああ！　ごめんごめんごめん！　ソータ君の淹《い》れた紅茶が飲みたいなぁ!?」

まったく、初めからそう言っておけばいいのだ。

これ以上絡まれたら面倒だと早々にその場を立ち去ろうとしたところ、教室の引き戸が勢いよく開け放たれた。

なにかと思えば、制服に腕章を巻いた三人組の桜庭《さくらば》高生——桜華祭《おうかさい》実行委員が、飛び込んでくる。実行委員は教室の中を見回すと、雫《しずく》さんを見つけて、

「いたぞ!!」

「やばっ!?　じっこー委員!!　麻世《まよ》、ずらかるよ！」

「え〜〜っ、私まだ颯太《そうた》君の紅茶飲んでないのにぃ……」

「つまみ出されたらアレができなくなっちゃうでしょ！　ソータ君じゃーねー！」

「も——っ……颯太君ごめんね〜っ」

「おい待てそこの二人組！　泥酔状態で桜華祭を回るのもダメに決まってるだろ!!」

雫さんと麻世さんが慌ただしく教室から抜け出し、実行委員の三人組が怒号をあげながらそ

の背中を追いかける。あとに残ったのは嘘《うそ》みたいな静寂だけだ。

嵐《あらし》かなにかなのか？　たった数分の出来事なのにすでに今日一番疲れた……

疲れ果ててがっくり項垂《うなだ》れていると、背後から声がかかった。

「――すまんが、こちらにも紅茶をもらえるか」

注文だ。

俺は身体《からだ》に染みついた動作で「はい！」と元気よく返事をして、声のした方へ振り返る。

そして意外な光景に、二度目の驚き。

「和玄《かずはる》さん……!?」

佐藤《さとう》和玄。言わずと知れた佐藤こはるの父親が――一体いつからそこにいたのだろう、テーブルについている。佐藤さんに告白したあの日以来の再会だ。

休日だというのにぴしっと整った七三分けなことにも驚いたが、彼が佐藤こはるの父親である以上、娘のクラスの模擬店へやってくるのはなんら不思議なことじゃない。

俺が意外だと言ったのは、彼の向かいに座る、とびきり人相の悪い筋肉ダルマの存在だ。

「と、父さん!?」

「やあ颯太、遊びに来たよ」

押尾清左衛門《おしおせいざえもん》――すなわち俺の父さんが、和玄さんと向かい合って座っていた。

あまりにも不思議な組み合わせに脳が混乱してしまう。クラスの皆も、明らかに異質な二人組がテーブルに陣取っているものだから遠巻きにこちらの様子を窺《うかが》っている。

「え、なんで……⁉　二人とも交流があったんですか⁉」

「あれ？　言ってなかったっけ？　父さんと和玄《かずはる》は大学の同期だよ」

「そうなの⁉」

交流があるどころか旧知の仲⁉　初耳だよ！

明かされた衝撃の事実にショックを受けていると、和玄さんは冷たい声音で、

「とりあえず紅茶を二つもらえるか、喉《のど》が渇いて仕方ない」

「あ……はい！　ただいま！」

俺は慌てて紅茶を淹《い》れに戻る。

和玄さん、悪い人ではないと分かってるけど、相変わらず怖すぎるんだよな……！


「……ティーバッグか？」

紙コップの紅茶を一口啜《すす》って、和玄さんが小さく呟《つぶや》く。

「えっ？」

「この紅茶はティーバッグで淹れたものなのかと聞いている」

――マズイ、お気に召さなかったのだろうか。

淡々と詰めてくるような口調に、だらだらと冷や汗が流れ始めた。本当に怖い。

「ええと、その……模擬店でのお客さんの回転率や提供する際の価格を考えた時、茶葉から淹れるとどうしてもコスト面に問題がありまして……代わりと言ってはなんですが、俺のお気に入りのティーバッグを使ってはいますが……」

なんだか、かしこまりすぎて上司にプレゼンをするサラリーマンみたくなってしまった。

和玄さんは心なしか残念そうだ。

「そうか……まあ合理的ではあるが……」

「私はたまにはこれも嫌いじゃないけどね」

「いや、まぁ私も嫌いではないが……うむ……」

父さんに言われて、いかにも釈然としなさそうに紅茶を啜る和玄さん。

俺には佐藤《さとう》さん（父）が、分からない。

……そうだ、佐藤さんといえば。

「……こはるさんをお呼びしましょうか？」

俺はそう言って、ちらりと向こうのテーブルへ目をやった。

佐藤さんはどうやら向こうの接客で忙しいらしい。父親の来訪には気付いていないようだ。

せっかく出向いてきたのだ、娘に接客されたいのではないかと一応気を使ってみたのだが
……和玄さんはかぶりを振る。

「いやいい、私は客としてただ紅茶を飲みにきただけだ。娘が労働力を提供し、金銭を授受し

ている。そんな当たり前の姿が見られただけで十分だ」

「そ、そうですか……」

素直に娘の働く姿が見られて嬉《うれ》しいと言えばいいのに……そういうところはさすがは佐藤《さとう》さんの父親と言った感じだ。

それはそれとして……俺はもう一度、佐藤さんの様子を窺《うかが》った。

さすが夏休みにcafe tutujiでバイトを頑張っただけあって基本的な接客はできている。でも……

「お、おまっ、お待たせいたしましたっ！」

……見事に緊張していた。

cafe tutujiではあそこまでひどくなかったのに何故《なぜ》……と思いかけて、それがコスプレのせいだと思い至る。やっぱりコスプレはコスプレ、佐藤さんも恥ずかしいのだ。

緊張と、慣れない服装のせいで動きが危なっかしい。注意力も散漫だ。

あ、ああ……！　そんなところに紅茶置いたら、落ちっ……！

「――そんなにこはるが心配か？」

「えっ？」

佐藤さんの接客をはらはらしながら見つめていたら、和玄《かずはる》さんから声がかかった。

心配かって、そりゃ……

「もちろん心配していますよ」

「今すぐ助けに行きたいか？」

「え、ええ、できることなら……」

恋人の父親の前だからって媚《こ》びたつもりでも、アピールをしたつもりでもない。俺としては至極当然のことを述べたつもりだった。

でも、何故だろう……

「ほう？　そうかそうか、心配か」

シャープなメガネの奥にある和玄さんの眼光がまるで鷹《たか》みたく鋭くなった。隣で話を聞いていた父さんも、紅茶を啜《すす》りながら「あーあ……」なんて言っている。

な、なんだ？　俺は今なにか変なことを言ったか!?

「押尾颯太《おしおそうた》、君は娘を心配していると言ったな？」

「え、ええ……」

「ちなみに私は一切心配していない。というより、心配してはいけないことになっている。何故か分かるか？」

心配してはいけないことになっている……？　なんだ、謎《なぞ》かけか？

しばらく考えてみたが、その言葉の真意は分からない。それでもなんとか答えを絞り出そうとしていると、時間切れと言わんばかりに和玄さんが口を開いて、

「――こはる自身が傷つきながら成長することを望んでいると、君が言ったからだ」

「えっ……」

それは俺が和玄《かずはる》さんを説得した時の言葉――

あの日見た移りゆくマジックアワーの光景とともに、記憶が呼び覚まされる。

……そうだ、俺はあの日、確かに和玄さんへ主張した。

客観的に見て非合理的であろうと、彼女自身がそういう成長の仕方を、そういう生き方をしたがっている。

「あなたの教育はただの過保護だ、こはるはあなたが思っているよりも強いのだと――そんな君が――ほかでもない、一度は説き伏せた私の前で〝心配〟と口にするのか？」

「あっ……！」

彼の言葉に、後頭部を思い切り殴られたような衝撃を受け、言葉を失ってしまった。

……そうだ、その通りだ。

そんなにこはるが心配か？

この問いに対しての答えは「いいえ、俺はこはるさんを信頼していますから」の一択しかありえなかった。彼風に言うならば心配してはいけないことになっている。

何故《なぜ》なら、彼女への心配を口に出した時点で、俺はあの日の和玄さんとの約束を反故《ほご》にしたことになってしまうわけで――

「俺は……」

和玄さんの鋭い眼光に射抜かれ、二の句が継げない。

馬鹿《ばか》だ。完全にボケてしまっていた。

よりにもよって、最も言ってはいけないことを、最も言ってはいけない人の前で――

「――はい、そこまで」

果てしない後悔の中で、ふいに父さんの声が聞こえて、はっと我に返った。

父さんは困ったように眉《まゆ》をひそめて、一つ溜息《ためいき》を吐き出す。

「和玄……前から思ってたけどキミはもう少し言い方をどうにかした方が良いよ。高校生相手にそんなどストレートに正論ぶつけてどうすんのさ」

「正しいことを言って何が悪い？　たとえ高校生だろうが、一人の人間として認めているのなら正論でぶつかるべきだろう。今は理解できなかったとしてもいずれ……」

「現時点で間違った子どもに教えを説くのも大人だっての、そんなんだから娘に嫌われるんだよ」

「なっ……!?」

父さんの一言で和玄さんが見るからに動揺した。

……嫌われてるのか、和玄さん。

「ほら、娘に好かれる練習としてもう一回やり直しなよ、大人としてね」

「ぐぐ……」

和玄《かずはる》さんは悔しそうに歯を食いしばると、肩の力を抜き、改めて俺に向き直る。鷹《たか》のような眼光はすっかりナリを潜めていた。

「その、なんだ……娘が心配か」

「……」

「正直に答えてくれていい」

「……心配でたまらないです」

恥ずかしい限りだが、これが俺の本音だった。

俺は以前、和玄さんにあんな啖呵《たんか》を切ったにもかかわらず、やはり佐藤《さとう》さんのことが、どうしようもなく心配なのだ。

和玄さんは一度、ふー――っと長く息を吐いて、

「……気持ちはわからんでもない。私もこはるが生まれてからの17年間、ずっとそうだったからな。本音を言えば今でもかなり……いや、これは失言だな……」

和玄さんは、さっきまでの冷静で淡々とした語り口が嘘《うそ》のように、ところどころ詰まりながら言葉を紡ぐ。どうやらこういう話し方は慣れていないらしい。

和玄さんはしばらく考え込むような仕草を見せて、口を開く。

「まぁ、なんだ……私は君にこはるをあげたつもりはない、任せたんだ。その意味は分かっ

てくれるな？」

それは口下手な和玄さんなりの、考えうる限り最も優しく温かな激励だったのだろう。

そうだ、彼自身も娘のことは心配でたまらないのだ。そこであえて俺に佐藤さんを任せてくれた。俺はその意味をしっかりと嚙《か》み締めなくてはいけない。

「……はい、ありがとうございます、和玄さん」

「礼を言われる筋合いはない」

和玄さんはそう言って席を立つ。父さんも同様だ。

「その言葉が聞けたなら今度こそ何も心残りはない。ではご馳走《ちそう》様。近いうちにまた会おう」

「じゃあねー颯太《そうた》、またあとで」

「あ……はい！　ありがとうございました！」

二人はそれだけ言い残すと、代金を支払って教室を後にした。

そして彼らの背中を見送ったあとになって……ふと、二人が最後に残した言葉が気になった。

近いうちにまた？　またあとで？

そりゃ父さんは家に帰れば会えるし、和玄さんも会おうと思えばまたすぐに会えるだろうけど、なんだろう、そういうニュアンスじゃなかったような……？

なんだか妙な違和感に首を傾《かし》げていると、

「――押尾《おしお》君！」

さっきまで向こうのテーブルで接客をしていた佐藤《さとう》さんが、ぱたぱたとこちらへ駆け寄ってきた。彼女の動きに合わせてひらひらとなびくスカートが実に可愛《かわい》らしく……じゃなくて。

「ああ、佐藤さん、さっきちょうど和玄《かずはる》さん来てたよ」

残念ながら入れ違いになってしまったが、一応報告だけでもしておこう。

そう思って告げたのだけれど、彼女は元気いっぱいに「うん！」と頷《うなず》いて、

「知ってるよ！」

「えっ？　もしかしてもう挨拶《あいさつ》してた？」

「ううん！　このカッコ、お父さんにはぜっっっったいに見られたくなかったから、知らないフリしてたの！」

「へ、へえ……そうなんだ……」

眩《まぶ》しいぐらいの笑顔でそんなことを言うので、思わず表情が引きつってしまった。

親の心子知らず。さすがにちょっと和玄さんが可哀想《かわいそう》になってくる……

「そんなことより押尾《おしお》君！　蓮《れん》君が休憩に入っていいって！」

「蓮が？」

見ると、少し離れた場所で軍服の蓮が親指を立てていた。「遠慮するな」ということだろうか？

「助かる！　ちょうど休憩したかったんだ」

「それでね……」

「うん？」

「……私も休憩貰《もら》ったんだ。だからその……一緒に桜華祭《おうかさい》回っても、いいかな？」

こんなにも可愛いカノジョから、こんな上目遣いで、おずおずと尋ねられて断るヤツが、果たしているのだろうか。

「もちろん！　一緒に回ろうよ！」

「やった！」

小さくガッツポーズを作って嬉《うれ》しそうに小躍りする彼女を見て、俺はつくづく思った。

——ああ、和玄さんが帰っててくれて本当によかった！

こんな顔ぜっっっっったいにカノジョの親には見せられないからね！


開場からずっと2のAで働いていたため、そこで初めて教室の外に出たのだが、今年の桜華祭も凄《すさ》まじい盛況ぶりだ。

「3のB、フランクフルト売ってまーす！　そろそろ小腹の空いたみなさま是非どうぞ～！」

「女子プロレス部です！　なんとあのOBシャーク鮫島《さめじま》が対戦相手を募集中！　体育館特設会場にてキミを待つ！」

「桜庭《さくらば》高校スイーツ同好会、中庭にてタピオカミルクティー販売中——っ！　一時間後にはステージであの！　伝説のバンド！　『スウィートデビルズ』が今日限りの復活ライブをやるから、皆見にきて――――っ！」

廊下に溢《あふ》れる人混みの喧騒《けんそう》にも負けないよう、各クラス・各部活の客引きが声を張り上げている。この前のお祭りの時とはまた雰囲気が違う。ちょっとこちらが気後れしてしまうぐらいの活気だ。

まぁ、人混みではぐれないよう佐藤《さとう》さんと手を繋《つな》ぐという口実ができたので、むしろ感謝している。人混み最高。毎日廊下がこれぐらい混んでればいいのに……

「佐藤さん大丈夫？」

「う、うん……だいじょぶ……」

人混みの合間を縫いながら、後ろについてくる佐藤さんの様子を窺《うかが》った。

今のところは特に問題なくついてこられているようだが……やはり見慣れた学校で、しかもお互いにコスプレをした状態だと恥ずかしさが勝つらしい。

赤らめた顔を伏せ、少しでも目立たないようにするためか精一杯身体《からだ》を縮めている。自由な方の手でスカートをぎゅっと握りしめていることに気付いた時なんて、ちょっと、あまりの可《か》愛《わい》さに危うく声が出かけた。

やばい！　最近はSSFの妨害があったり、模擬店の準備が忙しかったりで、しばらく佐藤さんと接してなかったから……今日の佐藤さんはコスプレも相まって刺激が強すぎる！

　平常心、平常心……！

「さ、佐藤さん！　ちなみにどこに行きたいとかある⁉」

　別の話題で気を逸《そ》らそう！　そう思って佐藤さんに声をかけると、彼女はきらきらと目を輝かせながら……

「えっとね！　スイーツ同好会のタピオカミルクティーも飲みたいし、３のCのチョコバナナも食べたいな！　あっ、それと推理研究会の脱出ゲームっていうのも気になる！　それとチアリーディング部がステージでダンスをやるらしくて……」

　ぎゃあああっ！　事前にちゃんと調べてきてる可愛い‼

　あまりの可愛さに危うく成仏しかけた。もう佐藤さんそこにいるだけで可愛いよ……

「あっ、でも、まずはあそこに行きたい！　１のA教室！」

「１のA？　なにかあったっけ？」

「ツナちゃんのクラス！　お化け屋敷をやってるんだって！」

「ああ」

　ツナちゃん、十麗子《つなしれいこ》。

　夏休み、佐藤さんと一緒にお化け屋敷でアルバイトをしたというあの子のことか。一度だけ顔を合わせたことがあるけれど、そういえば桜庭《さくらば》高の後輩だっけ。

「うん、もちろんいいよ！」

「やった！」

……本当のことを言うと、連日の模擬店準備とSSF襲撃によって疲弊しきってしまった俺は今朝の時点で体調が最悪だったんだけど……佐藤《さとう》さんの喜ぶ顔を見たらそんな疲れも一気に吹き飛んでしまった。恐るべしカノジョパワー。

そんな風に内心にやついていたら、突然佐藤さんがぎゅっと手を握りしめてくる。

何かと思って振り返ってみたら——ぞっとした。こちらを見つめる佐藤さんの目が据わっているのだ。

「それに私、前から押尾《おしお》君と二人でお化け屋敷デートしてみたかったんだよね」

「そ、そうなんだ……ちょうどよかったね……」

「ところで私お化け屋敷デートって初めてなんだけど、押尾君は？」

——あっ!? 佐藤さんこれ、夏休みに俺が凛香《りんか》ちゃんとお化け屋敷に入ったことまだ怒ってる!?

「とっ、とりあえず行ってみよっか！」

徐々に強くなっていく彼女の握力に恐怖を感じて、俺は1のA教室へ急いだ。なるべく、後ろは振り返らないようにしながら。

「……と、いうのがこのお化け屋敷の成り立ちです！」

「な、なるほど……」

ツナちゃんの語りが終わるのと同時に、俺と佐藤さんはそろって息を吐く。

お化け屋敷に着くなり俺たちを出迎えたのは、ツナちゃんによる長々とした（かつ早口な）お化け屋敷のコンセプト紹介であった。

俺も佐藤さんも、自慢げに語るツナちゃんの話についていくので精一杯だった。

要するにここは「子どもばかりを狙《ねら》う殺人ピエロの亡霊が住み着く呪《のろ》われた洋館」という設定らしい。

どうでもいいけどツナちゃん、お化け屋敷に入る全員にこの熱量で説明してるのか……？

「最後は勿論《もちろん》、ボクこと殺人ピエロの登場です！　二人ともびっくりしすぎて心臓止まらないよう気をつけてくださいね！」

ツナちゃんは最後にそれだけ言って、軽くスキップなんかをしながら、お化け屋敷の中へと戻っていった。

……そういうのあらかじめ言っていいのかな？　とは思わなくもない。

なにはともあれ、満を持して、俺と佐藤さんはお化け屋敷へと潜入したわけだが……

「これは……すごいね……」

さすがあのホラーマニアなツナちゃんが監修しただけある。１のＡ教室は、完璧《かんぺき》に呪われた洋館へと変貌《へんぼう》を遂げていたのだ。

迷路のように入り組んだ道の途中には、蜘蛛《くも》の巣の張ったシャンデリア、不気味な自画像、刃物の突き立てられた人形など、絶妙に恐怖心を煽《あお》るアイテムが配置されている。一年生の模擬店のクオリティではない。

正直言って、夏休みに凛香《りんか》ちゃんと入ったお化け屋敷より断然怖かった。

これはツナちゃんが本気で脅かしにきたら、さすがに悲鳴をあげてしまうかもしれない……！

「佐藤《さとう》さんは大丈夫……？」

ちらりと彼女の様子を窺《うかが》う。

佐藤さんはどう考えてもホラーが得意なタイプではない。でも夏休みにお化け屋敷でアルバイトをしていたこともあるから、もしやこういうのに耐性があったり……？

そう思ったのだが、

「こ、怖いぃ……っ！」

……やっぱり駄目だった。

佐藤さんは膝《ひざ》を震えさせ、両手で縋《すが》り付くように俺の手を握っている。そして小道具の一つ一つにぴぃぴぃと甲高い悲鳴まであげるのだからよっぽどだ。

怖がっている佐藤さんには悪いけど、俺より佐藤さんの方がホラー平気だったりしたらちょっと落ち込んでしまうので、助かった……

「……佐藤さん、進める？」

「無理無理無理無理無理無理無理無理無理無理……」

無理がゲシュタルト崩壊してきたよ。

子どもみたいに怖がる佐藤さんも可愛《かわい》いけれど……とはいえ、これはちょっと問題だ。

なんせさっきから、佐藤さんが一歩も進めていない。このままでは次のお客さんが入れなくなってしまう。

どうしたものかと頭を捻《ひね》ってみて……俺は一つ、ある作戦を思いついた。

「そうだ、佐藤さん、ちょっと思い出話しようか」

「へ……？　思い出話……？」

佐藤さんがきょとんと目を丸くする。俺はこくりと頷《うなず》いた。

「うん、最近はあんまり二人で話す時間もなかったからね、だから思い出話」

「で、でもなんで今……」

「別の話をすれば怖い気持ちも紛れるかもしれないでしょ？」

「！　押尾《おしお》君天才！」

さっきまでの泣きそうな顔が嘘《うそ》のように、佐藤さんがぱあっと表情を明るくした。

膝の震えも僅《わず》かながら収まり、少しずつだけど前に進めるようになる。

俺と佐藤さんは、ゆっくり、ゆっくりと前に進みながら、これまでの思い出を語り始めた。

「――初めて佐藤《さとう》さんと会ったのは、入学試験の時だよね」

「あっ、あ――……、できれば、あれは忘れて欲しかったかも……」

「へ？　どうして？」

「あの時の私、全然余裕がなくて、押尾《おしお》君に冷たく当たっちゃって……」

「はは、もう気にしてないよ。そのあと話したのは……cafe tutujiかな？」

「うん！　押尾君が怖いお兄さんたちから助けてくれて、カッコよかったなぁ」

「いやあ、今だから言うけどあれは俺も結構怖かったよ、相手は大学生三人だし……父さんに助けられたね」

「……でも、私は押尾君が助けに来てくれて、嬉《うれ》しかったよ」

「そっ……そのあとはタピオカミルクティーを飲んだね！」

「ロールアイスの時も押尾君が来てくれて……私、あんまりにも嬉しくて泣いちゃったなぁ」

「それからデートに着ていく服を選びにいって、凛香《りんか》ちゃんと会ったのもあの時が初めてだっけ。そういえば凛香ちゃんは桜華祭《おうかさい》来てないの？」

「凛香ちゃんは今日、バスケ部の試合が入って来れなくなっちゃったんだって」

「あー、それなら仕方ないね」

「……なんか押尾君、残念そうだね」

「それはもちろん……えっ、佐藤さん何その目……？」

「べつにー?」

「は、話を戻そうよ!　えーと確かデートに着ていく服を選びにいって、それから……」

「あっ……」

お互い、ここで言葉に詰まった。

たちまち二人の手の繋《つな》がった部分が熱を帯び、互いに顔を見ることができなくなってしまう。静寂に胸を締め付けられるような思いだった。

言葉にせずとも分かる。お互いに同じことを思い出してしまったのだ。

すなわち、俺と佐藤《さとう》さんが付き合うきっかけになった、あの告白のことを――

「……」

「……」

思い出話で気を逸《そ》らそうという俺の思惑は大成功だ。もう恐怖心なんてかけらもなかった。

――しかし別のピンチがやってきた気もしなくもない。

だって、今の俺はもう佐藤さんのことしか考えていない。それどころかこうも暗くて、静かで、二人きりだと、なんか変な気分になってきてっ……!

「押尾《おしお》君……」

なに、と聞き返そうとしたら、間もなく背中に温かくて柔らかい感触。

佐藤さんがその身体《からだ》を俺の背中に押し付けてきたのだ。

ばくばくと、どちらのものとも分からない心臓の鼓動音が、やけにうるさくてたまらない。

や、ヤバ……

「……私、押尾君と出会ってから、いろんなことができたよ」

「いろんなことって……？」

喉《のど》がカラカラに渇いて張りつきそうになる。

この状態での囁《ささや》き声は、ヤバいって……!?

「色々……海にも行けたし、アルバイトもできたし、お祭りにも行けて……友達もできた」

「そっ、それは佐藤さんが頑張ったからだよ……」

「……押尾君がいたから頑張ろうと思ったの」

背中が熱い。全ての意識が、佐藤さんに持っていかれてしまう。

「押尾君に言ったかどうか分からないけど、私が友達を作ろうと思ったのって、押尾君と並びたかったからなんだ……」

「どっ、どういう意味……？」

「だって、押尾君ってカッコいいし、カフェの店員さんだし、友達も多いし……本当に私には勿体《もったい》ない恋人だと思う……」

「えっ――」

「だから私、押尾君の隣を歩いても、少しでも恥ずかしくないように……」

「……それは、違うよ」

考えるよりも先に、口が動いていた。

熱に浮かされた頭が、途端にクールダウンしていく。

そして俺の中に残ったのは——佐藤《さとう》さんにそんなことを言わせてしまったという、とてつもなく大きな、罪悪感。

「押尾《おしお》君……？」

「違うよ、それはむしろ俺がずっと思っていたことで……俺みたいに普通のヤツが佐藤さんの隣を歩いていいのかっていうのは、ずっと思ってて……」

——さすがに過保護すぎやしないか。

この前蓮《れん》に言われた言葉が頭の中でリフレインする。今になって、ようやくその言葉の本質が理解できた。

さっき、俺は和玄《かずはる》さんに「佐藤こはるさんが心配だ」という台詞《せりふ》を吐いた。

そこで自らが心の底から佐藤さんを信頼できていないことを自覚し、反省したわけだが……今分かった。信頼していなかったのではない。

だって、俺は佐藤さんが強いことを知っている。

傷ついてでも変わりたいという意志が、彼女の中にあることを知っている。それは五十嵐《いがらし》さんとあえて仲良くなろうとしたことからも明らかだ。

でも、俺は……あろうことか、それを止めようとしてしまった。

彼女に変われるだけの強さがあることを知りながら、あえて成長の機会を奪おうとしてしまった。それはもはや過保護の域さえ超えて、もっと性質の悪いもの。

俺は——

「……俺はこれ以上佐藤さんが変わっていくのが、怖かったのかもしれない」

——独占欲。

なるほど、全部理解できた。

俺はあれだけ強がって、見栄を張って、奇跡のような確率でようやく並ぶことができた佐藤さんに——これ以上引き離されたくなかったのだ。これ以上手の届かないところへ行ってほしくなかったのだ。

「押尾君……？」

佐藤さんが、心配そうに俺の顔を覗《のぞ》き込んでくる。

本当に、ここがお化け屋敷でよかった。この暗がりのおかげで、俺はこんなにも醜い顔を、佐藤さんに見られずに済む——

そんな時のことだ。突然、俺たちが来た道の方から、足音が聞こえ始めた。

たぶん、ツナちゃんだろう。

なるほど最後に飛び出して驚かすタイプではなく、後ろから追いかけて脅かしてくるタイプか。

……ツナちゃんに助けられた。

ここで驚くふりをして、佐藤《さとう》さんと一緒に出口まで走り抜ける。その頃にはきっと元通りの俺に戻れているだろう。

そして「いやぁ結構怖かったね」なんて言いながら佐藤さんに笑いかけるのだ。

それでもうやめにしよう、こんなことを考えるのは――そう思っていたのだけれど。

「……うん？」

……なんだろう、様子が変だ。

聞こえてくる足音が明らかにツナちゃんのものではない。

ドスドスドスドスと、ひどく重い足音が背後から近づいてくる。それも凄《すさ》まじい速さで。

「お、押尾《おしお》君これ……」

佐藤さんも異変に気付いたらしく、不安げな声をあげる。俺はそんな佐藤さんを安心させるよう、彼女を守るように立って、暗闇《くらやみ》の中に目を凝らした。

……一人じゃない。

暗闇の中、こちらに向かってくるのは覆面をかぶった、二人組の――力士!!

「――SSFだ!?」

「えすえすえふっ!?　なにそれ!?」

「逃げるよ佐藤さん!!」

「えすえすえふってなに!?」

混乱する佐藤さんの手を強く握り直し、出口に向かって全力で走り出す。

二人組の覆面力士は、その巨体に見合わないスピードで、この暗がりの中距離を詰めてきた。

あいつら見覚えがある！　朝俺に塩をぶっかけてきたヤツらだ！　ヘタなお化けよりずっと怖い！

「くそっ甘かった……！」

さすがのＳＳＦも桜華祭《おうかさい》当日、しかも佐藤さんと一緒にいる時に仕掛けてくるとは思ってもみなかった！　まさかここまでの実力行使に出るなんて！

「お、押尾君っ……！　私もう……！」

なかなか引き離すことができず、佐藤さんの体力が尽きかけてしまう。

覆面力士の魔の手はすぐそこまで迫ってきており――

「佐藤さん！」

「わっ!?」

俺は思いっきり佐藤さんを引き寄せ、そして入れ替わるように力士たちの前に躍り出た。

撥《は》ね飛ばされようが、塩漬けにされようが、佐藤さんだけは守る――！

そのつもりだったのだが、力士たちはむしろこれ幸いとばかりに二人がかりで俺を担ぎ上げて——佐藤《さとう》さんには目もくれず、全速力で出口めがけて走り出したではないか！

ま、まさかこいつら……!?

「最初から俺を拉致《らち》するつもりで……!?」

「お、押尾《おしお》君っ!!」

俺を神輿《みこし》のように担いだまま全力疾走する力士二人組を佐藤さんが追いかける。しかし力士のスピードはすさまじく、佐藤さんとの距離は引き離されていく一方で……！

「くふふふ……そろそろこはるんとソータ先輩が……ひぎゃあっ!?」

「ツナちゃん!?」

俺たちを驚かすために出口付近で待機していたツナちゃんが、さながら列車のごとく突っ込んでくる二人組の力士に、逆に驚かされてひっくり返るさまが見えた。

あああ……！　ごめんツナちゃん!?

しかし力士二人の猛進はそれでもとどまるところを知らず、小道具やらなんやらを破壊しながら、お化け屋敷を飛び出す。

ここで逃走ルートを確認するためか、力士トレインが束の間停車する。視界が一気に明るくなり、ところどころから悲鳴があがった。

「お……押尾君……っ！　待って……！」

少し遅れて、息も絶え絶えな佐藤さんがお化け屋敷から出てくる。

「佐藤さんっ……!!」

　俺はなんとしてでもこの神輿状態から抜け出すべく身体《からだ》をよじらせたが、指が肉に食い込むぐらい強く拘束され、痛みから顔を歪《ゆが》める。

　抵抗むなしく力士トレイン、再発進だ。

「くっそ……！　どこまで行くつもりだよ！」

　覆面の力士たちは答えず、道行く人たちを押しのけながら、廊下を一直線に走り抜ける。

　そんな風に悲鳴を纏《まと》いながら疾走していると、向こうの角からよく見知った三つの人影が……。

「は――っ……さすがに少し緊張してきたわね、わさび、のど飴《あめ》とかある？」

「あるけどあげな――い」

「アンタって本当に食い意地張ってるわよね……」

「みおみおぉ、私持ってるよぉ」

「あぁ、ありがとうひばっち……」

　五十嵐《いがらし》さん、丸山《まるやま》さん、樋端《ひばた》さん。

　演劇同好会の三人組が通路の先に見える。

　そしてまだ、こちらに気付いていない――！

「危ない!!」

俺は咄嗟《とっさ》に声を張り上げる。ここで三人は初めて通路の向こうから突進してくる、二人組の力士の存在に気がついたらしいけど、すでに、遅かった。

「えっ……きゃあっ!?」

先頭を歩いていた五十嵐《いがらし》さんだけが避けきれず、全力疾走の力士と正面衝突してしまった。

もちろん、華奢《きゃしゃ》な五十嵐さんが耐えられるはずもない。

一〇〇キロ近い肉の塊の突進に、五十嵐さんはなすすべもなく撥《は》ね飛ばされて、壁に背中を強く打ちつけてしまう。

「うくっ……」

その場にうずくまり、苦悶《くもん》の表情を浮かべて蹲《うずくま》る五十嵐さん。どうやら足をケガしてしまったらしい。

「み、みおみお!?」

すかさず樋端《ひばた》さん丸山《まるやま》さんが彼女へ駆け寄った。

力士たちは負傷した彼女を見て、ほんの僅《わず》かに逡巡《しゅんじゅん》するようなそぶりを見せたが、それでも構わず、再び発進する。

こ、こいつらマジかよ……っ!?

「おっ、押尾《おしお》君！」

こちらを追いかけてくる佐藤《さとう》さんの姿が、どんどん小さくなっていく。

階段へと続く奥の角を曲がるまでの短い時間に、俺の頭の中を様々な考えが巡った。

佐藤さんのこと、怪我《けが》をした五十嵐さんのこと、俺がこれからどんな目に遭わされるのかということ、桜華祭《おうかさい》のこと、独占欲のこと、そして——俺にはまだ佐藤さんへ伝えるべきことが残っているということ——！

「——佐藤さん、俺は大丈夫!!　追いかけなくてもいい！」

力士たちが角を曲がり、佐藤さんの顔が見えなくなる、その刹那《せつな》——

「あとで必ず迎えに行くから!!　だから——今は五十嵐さんの傍《そば》に!!」

「押尾君っ!!」

その言葉を最後に残して俺は——ＳＳＦの連中に拉致《らち》された。

♥

「イっ……！」

ベッドの上で横たわったドレス姿の五十嵐さんが苦悶の表情を作る。

額には玉の汗が浮いており、そして彼女の右足首には今、痛々しく包帯が巻かれていた。

「軽い捻挫《ねんざ》だね」

と、保健室の先生はしゃがれた声で言う。

白髪の彼の言葉に、ベッドを囲む丸山《まるやま》さんと温海《あつみ》ちゃんは一瞬安心したような素振りを見せたけれど、すぐにまたその表情が曇った。

「ま、これぱっかりはしばらく安静にしてもらうしかないわ、桜華祭《おうかさい》当日にツイてないねえ彼女も」

「そ、そのぉ、どれぐらい……」

「うん?」

「どっ、どれぐらいで治るんですか!?」

「そうだね、完治までは一週間、最低でも二日は固定しないとかなあ」

「二日……」

二人が五十嵐《いがらし》さんの様子を窺《うかが》った。

しかし彼女は反対側に顔を背けてしまっていて、その表情を確かめることはできない。

「ともかくお大事に、私は昼食買ってくるから。あー、トイレとか行くときはそこの松葉杖《まつばづえ》使ってね、それじゃあ」

白髪の彼はそれだけ言い残して、保健室を出ていった。

ぴしゃりと音が立って引き戸が閉まる。あとには気まずい沈黙……引き戸の外から聞こえてくる桜華祭の喧騒《けんそう》が、やけに遠くに聞こえた。

「みおみお、あの……」

「──まず、なんで佐藤《さとう》こはるがそこにいるの」

突然、五十嵐さんから名指しされて、私はびくりと肩を跳ねさせた。

五十嵐さんはやはり向こうを向いたままで、その表情は分からないけれど……怒っていた。

顔を見なくても分かる、彼女の声は、静かな怒りを帯びていた。

「見物に来たの？」

「ち、ちがっ……私は、五十嵐さんが心配で……」

「心配？　慰めに来たってこと？　別に友達でもないあなたが」

「っ……！」

明らかに敵意を帯びた言葉に、ぎゅうっ、と胸が締めつけられる。

誰かからこんなにも強い感情を向けられるのは、初めての経験だった。

「みおみお言い過ぎ、佐藤さんは本当にみおみおを心配して……」

「葵《あおい》、黙ってて」

丸山さんがぎゅっと口を縛った。五十嵐さんが、いつもの「わさび」呼びじゃない。

「……みおみお、そりゃあ気持ちはわかるよ、でも……」

「黙っててって言ったでしょ？」

「っ……」

頑とした五十嵐さんの態度に、さすがの丸山さんもたじろぐ。温海ちゃんも悲しそうな顔で目を伏せるしかない。誰もがかける言葉を見つけられないでいた。

それはそうだ。だってここにいる皆が知っている。

今日という日に向けて、誰よりも熱心に練習をしてきたのは五十嵐《いがらし》さんだ。その、他の誰でもない五十嵐さんが、ステージに立てなくなってしまった。

彼女の胸中は到底、私たちに計り知れるようなものではなく……

「佐藤《さとう》こはる」

突然名前を呼ばれて、私はびくりと身体《からだ》を震わせる。

「な、なに……?」

「私、あなたのことが――嫌いなの」

「!?」

彼女の言葉に心臓がばくんと脈打った。

胸が締めつけられたように苦しくて、息をするのもままならなくなる……

「っ……みおみおっ!!」

「ま、待って丸山《まるやま》さん！」

声を荒らげる丸山さんを、私は慌てて制した。丸山さんと温海《あつみ》ちゃんが、驚いたようにこちらを見る。私は乱れた呼吸を落ち着けながら、言葉を紡いだ。

「いい……大丈夫、私……前から五十嵐さんと、話してみたかったから……」

「佐藤さん……」

二人に微笑《ほほえ》みかけて、私は一歩前へ出ると、五十嵐さんの一番近くの椅子《いす》に腰を下ろす。五十嵐さんは相変わらず、向こうを向いたままだった。

心臓はうるさいぐらいにばくばくと早鐘を打っていたけれど、それでも私は意を決して、彼女へ話しかける。

「……どういうところが嫌いか、教えてもらってもいい？」

「そういうところ」

近づいてみて分かることもある。

彼女の声は……震えていた。

「話すことなんてなにもない。どうせあんたみたいなお姫様には分かんないでしょ、私たちみたいな凡人が、どういう風に努力して、どういう風に悩んでるかなんて」

「……私、お姫様なんかじゃないよ」

「そう思ってるのはあんただけよ、なにもしないくせに、顔がいいってだけで周りから持ち上げられて……知ってる？　あんた、皆から〝塩対応の佐藤さん〟って呼ばれてるんだよ」

「なに、それ……？」

「塩対応の佐藤さん、誰に対しても愛想が悪い、あなたのこと」

「えっ――」

目の前が、真っ白になった。

ぎゅううっ、と心臓を直接鷲掴《わしづか》みにされたような痛みが走り、全身から血の気が引く。心臓が痛いぐらいにばくばくと鳴っているのに、反対に全身が冷たくなっていく。

逃げ出してしまいたい。そんな考えに頭が支配されて……

「澪《みお》っ!!　あんたホント、いい加減に……!!」

「——丸山《まるやま》さん!!」

それでも私は、丸山さんを制した。

胸が痛いし苦しいけれど、でも私は逃げ出すわけにはいかない。

なんといっても私は——押尾《おしお》君に託された。

押尾君が何に巻き込まれているのかは知らない。でも、彼は自分の身を犠牲にしてでも、私を信頼してくれた。

私が五十嵐《いがらし》さんの傍《そば》に残るのは、意味のあることなのだと。

だったら応《こた》えなきゃ——ウソだ。

「塩対応の佐藤《さとう》さん、だっけ……」

私は自らの口でもう一度繰り返す。

その際胸にずきりと痛みが走って、顔を歪《ゆが》めそうになったけれど……私はあえて笑った。

「ふふ……塩なのに砂糖だって、誰が考えたか知らないけど……面白いね」

「……っ！」

五十嵐さんがようやくこちらを振り向いてくれる。

いつも気丈に振る舞う彼女は、その目に涙を溜《た》めていた。

「……なんでここまで言われて、出て行かないのよ……」

「どうしても五十嵐さんと話がしたくて……五十嵐さんが嫌だって言うなら、出ていくけど」

「っ……！」

五十嵐さんがぎゅっと唇を嚙《か》み締める。

彼女と言葉を交わしたのはほんの数回だけど、毎日欠かさず彼女を観察した私は知っている。

──五十嵐澪は、プライドが高い。

だからこそ、こういう言い方をされると絶対に「出ていけ」とは言わない。私自ら「出ていく」と言うまでは、決して。

五十嵐さんははっと鼻で笑うと、震える声で絞り出すように語った。

「……あんたは知らないと思うけどね、私が大事な場面で足をケガするのはこれが初めてじゃないのよ」

「初めてじゃない……？」

「──一回目は中学時代、私がまだ陸上部だったころ、大会の直前に」

五十嵐さんが自嘲《じちょう》するように笑い、続ける。

「突っ込まれたのよ、今回は相撲部で、あの日はながらスマホの自転車に、だったけど。ふふ、笑っちゃうわよね、スマホゲームのゲリラがどうとかスタミナがどうとか……そういうどうでもいいことのために、私の陸上人生ダメにされたんだから……」

「五十嵐《いがらし》さん……」

「夢破れて立ち直れずにいた私を、ひばっちが一生懸命慰めてくれて、わさびが演劇を教えてくれた。……それからは演劇に夢中になった。すでに廃部になっていた桜庭《さくらば》高校演劇部を、私たち三人で同好会として復活させて、皆でいっぱい練習して、いよいよ部員を集めるためのチャンスが回ってきたっていうのに……」

五十嵐さんの目から、つうと一筋の涙がこぼれて、枕《まくら》にシミを作る。

「どんだけ地道に頑張っても頑張っても頑張っても……努力とは関係ない、こんなバカみたいな偶然のせいでひっくり返されちゃうんだもん。ドミノみたい。はあ、なんかもう笑えてきた、神様に嫌われてるのよね、たぶん」

「そんなこと……」

「そんなこと、なに？　あんたに私の何が分かるの？」

「それは……」

それ以上続ける資格が私にないのは百も承知だった。

私は、彼女のように何か一つのことにここまで情熱を注いだことも、そして志半ばでその道が断たれてしまったこともない。

「どのみち、もう終わりよ。足がこんなんじゃ劇に出られない。二人じゃ劇はできない。劇ができなきゃ部員も集まらない。それだけの話……」

でも、だからこそ私は――勿体《もったい》ないと思う。

彼女の夢が、こんなどうでもいいことのために断たれてはならないと、強く感じる。

だからこそ私は宣言した。

「私がやる」

「……は？」

「私が、五十嵐さんの代わりに、舞台に立つ」

「「「……はぁっ!?」」」

この驚愕《きょうがく》の声は五十嵐さんのものだけではない。それまで静観していた温海《あつみ》ちゃんと丸山《まるやま》さんのものも混じっている。

五十嵐さんはベッドから身体《からだ》を起こし、怒ったような口調で捲《まく》し立ててきた。

「あんた私の練習見てたんでしょ!?　よくもまぁ……そんなことが言えたわね!?　意味わかって言ってるの!?」

「意味わかって言ってる！」

「っ……！　本番まであと一時間もないのに、台本が覚えられるわけないでしょ！」

「頑張る！」

「だいいち、ドレスもないのにどうやっていばら姫を演じるの!?」

「い……言い張る！」

「!?　な……なんでそんなに頑《かたく》ななのよ！」

「――やらないで諦《あきら》めるよりは、ずっといいと思うからっ！」

「っ……!?」

私の頑なな態度に、五十嵐《いがらし》さんがとうとう次の言葉を失った。

あまりの馬鹿《ばか》さ加減に呆《あき》れているのかもしれない。口をぱくぱくとやる彼女に代わり、次に言葉を発したのは、丸山《まるやま》さんだった。

「……いけるかもしれない」

「はぁっ!?」

五十嵐さんが驚愕《きょうがく》の声をあげる。

「わっ……わさび!?　あんたまで頭おかしくなったんじゃ……!?」

「いや、マジの話。今から代役探すのは間に合わないけど、佐藤《さとう》さんがみおみおの代わりを演《や》ってくれるなら、できる」

「いばら姫を!?　ドレスもないのに!?」

「私が今から新しい台本を書く、佐藤さんがそのコスプレのままでもできる劇の台本を」

「い、今から……!?」

五十嵐さんがくらりとする。

私に演劇のことなんて何も分からないけれど、丸山さんがとんでもないことを言っているのだけは分かった。

だってそれは、あと一時間足らずで一つの演劇のストーリーを考えるということで――

「で、でも、わさびぃ、もしそれができたとしても、私こんな短い時間で台本覚えられないよお……」

「そ……そうよ！　ひばっちの言う通り！　こんな短時間で台本を覚えるなんて私でさえ無理なのに！」

「覚えなくていい」

「はっ!?」

「二人は台本を覚えなくていい、台詞《せりふ》なんてないから。ただ適当にステージの上で動き回ってくれれば、それでいい。そうしてくれれば、私がナレーションで劇のテイにする」

「どっ、どういうこと……?」

「――だから！　即興でサイレント映画演って、私が活動弁士になるって言ってんだよ！　台詞とストーリーは後付けで！」

丸山さんの型破りな提案に、その場の誰もが言葉を失ってしまった。

「もちろん完全に適当に動き回るわけじゃない、私がナレーションに交えて指示を出す。ホントにヤバくなったら、ひばっちがフォローを入れる」

「そ、そんなの、どこが演劇なのよ……全校生徒の前で恥を晒《さら》すだけに決まって……」

「――お遊戯会だろうがなんだろうが、公演のスケジュールに穴あけるよりはマシでしょうが！」

いつもにこにこと笑っている丸山《まるやま》さんが、五十嵐《いがらし》さんを一喝した。

とうとう言葉を失ってしまった五十嵐さんに、丸山さんはいつもみたく、にやりと不敵な笑みを浮かべて、言う。

「なーんて私らしくもなく啖呵《たんか》を切ったけどね、実はこっちにゃ勝算があんのよ澪《みお》姫様、ま、未来の文豪にど――んと任せてくれたまえ」

「……付き合いきれないわよ」

五十嵐さんが布団の中に潜り込み、再びこちらへ背を向けてしまう。

「やるなら勝手にやって……桜華祭《おうかさい》が終わったら、私は演劇同好会を抜ける……同好会のままなら、どうせ続けたって意味ないでしょ」

「うん、勝手にやる。でも辞めさせないよ」

「……」

五十嵐さんは答えず、沈黙する。これ以上言葉を交わすつもりはないということだろう。

丸山さんもそれ以上声をかけたりはせず振り返って――私を見た。

「佐藤《さとう》さん、なんでもやる？」

「やるっ!!」

即答した。丸山さんは、ニヤリと口元を歪《ゆが》めて、こう宣言する。

「――二人とも気合い入れなよ！　今日は誰も見たことのない演劇を演《や》るからね！　私ら阿《あ》呆《ほ》はせいぜい踊りまくって、阿呆どもを沸かせまくってやろう！」

♠

桜華祭は基本的に全クラスが模擬店を出店し、校舎内はどこもかしこも盛況を極める――が、それはあくまで本館に限った話。

当然、使われない教室というのは存在するわけで、とりわけ実習室の集中する別館には、桜華祭の期間中ほとんど人が寄りつかない。

今、俺が監禁されている理科準備室なんかも、その一つだ。

「――塩責めって知ってるかい、押尾颯太《おしおそうた》クン」

アルコール臭い理科準備室の暗がりの中、椅子《いす》に縛り付けられた俺を見下ろしながら、男は言った。

俺を拉致《らち》した二人組の覆面力士とは違う、すらりとした長身の男だ。

素顔は……覆面のせいで分からないが、その立ち振る舞いから直感する。

ヤツがSSFとかいうバカげた集団のリーダー、この数週間、俺に行われてきた数々の嫌がらせの首謀者だ。

「刃物で切り傷をつけて粗塩をすり込む方法、足の裏に塩水を塗り、肉が削《そ》げるまでヤギに舐《な》めさせる方法というのもある。古来から拷問に塩を取り入れるのはポピュラーな手法なんだ」

「……」

俺は得意げに語るヤツを睨《にら》みつけながら、気付かれないように拘束を解こうとする。

……相当念入りに縛ったらしい、全く解ける気配がない。

「こんな話もある。猿の群れは、手下の猿がボス猿の毛繕いをするんだが、これは単なる毛繕いではなく、ボス猿の身体《からだ》の表面に浮いた塩から塩分を補給しているらしいという説だ。猿は頭のいい動物だから理解しているんだろうね。塩は貴重だ、塩を制する者が群れを制す。猿たちは、辛酸ならぬ塩を舐めながら、虎視眈々《こしたんたん》と下克上のチャンスを窺《うかが》っているというわけで
……」

「……桜華祭《おうかさい》の日まで理科の自習してるの？　勉強熱心だね」

「ちょっ、茶化すなよ、まだあとこんな話も……」

「2のBの模擬店は手伝わなくていいの？　仁賀《にが》君」

「えっ!?」

覆面の男――もとい2のBの仁賀隆人《りゅうと》君が、見るからに狼狽《ろうばい》した。

顔を隠しているのに、どうしてバレたのかという反応だ。

……いや、仁賀君とはほとんど面識ないけど、さすがに同学年だもの、背格好と声を聞けば分かるよ……

それに、蓮《れん》からSSFの話を聞かされた時から、なんとなく彼の存在は頭にちらついていたんだ。確証はなかったから、もし間違っていたら失礼かと思って口にしていなかっただけで。

だって彼はかつて――佐藤《さとう》さんにこっぴどくフラれた伝説のイケメン君なのだから。

「そもそも私、あなたとそんなに仲良くない……だっけ」

「ぎゃあああああっ!!」

彼がフラれた時の台詞《せりふ》をうろ覚えで繰り返してみたところ、効果てきめんだった。悲鳴をあげて悶《もだ》え苦しみ、両腕にはまんべんなく鳥肌が立っている。

エクソシストみたいだな……

「ぎいいいっ……ぐぅぅぅっ……!」

彼は奇声を発しながら、身体をよじり、くねらせ、そしてとうとう覆面を脱ぎ捨てた。

案の定、覆面の下には見知った仁賀君の顔があったわけだけれど……イケメンとは程遠い、鬼気迫る形相だったため、俺は思わず「うわっ……」と声を漏らしてしまった。

さすがにちょっとかわいそうになってきた……

「ご、ごめん仁賀《にが》君、こういうイジリ方はよくないよね……」

「はぁっ……はぁ……」

仁賀君が息も荒く、天井を仰ぎ見る。

充血して真っ赤になった彼の目は……どこか恍惚《こうこつ》としていて……

「と、整うゥ～っ……」

──光の速さでドン引きしてしまった。

椅子《いす》に拘束されていなかったら、脇目《わきめ》もふらず逃げ出していたに違いない。

自分がフラれた時の台詞《せりふ》を思い出し、両目が充血するぐらい奥歯を嚙《か》み締めながら恍惚に浸るド変態の姿が、目の前にあった。

「きっ……気持ち悪すぎる……」

状況が状況なので、なるべく平和的に話し合いで解決しようと思っていたのに、思わず本音がこぼれ出てしまった。

仁賀君がその言葉に反応して血走った目でこちらを見たので、「ひっ」と短い悲鳴も漏れてしまう。

「押尾颯太《おしおそうた》……さっきのお化け屋敷の百倍怖い!! キミは今ボクのことを気持ち悪いと言ったのか……？」

「ちっ、近付くなっ！　怖いんだよなんか！」

「勘違いするなよ！　気持ち悪いのはキミだ押尾颯太！」

「は、はぁっ？」

人生でも初めて見るレベルの変態から予想外の指摘をされて、俺は目を剝《む》いてしまった。

「俺のどこが気持ち悪いって……？」

「気持ち悪いだろう！　キミは……あろうことか、塩対応の佐藤《さとう》さんを性的な対象として見て、汚そうとした！　これは許されざることだ！」

「……はい？」

彼が何を言っているのか全く意味が分からない。本当に同じ言語を話しているのかどうかも怪しくなってきた。

「……その、一応聞きたいんだけど、汚そうとしたっていうのは……？」

「彼女は言うなれば偶像！　何人たりとも触れてはならない神聖な存在だ！　それをキミは、あんなに近くで……話しかけたり……！　一緒にご飯を食べたり……！　今日なんか文化祭デートじゃないか!?　我らSSFとしても、もう手段を選んではいられなくなった！」

「……」

「塩対応の佐藤さんが、クラスメイトの男子と親しげに話している……その時点で著しい解釈違いだ!!　彼女は誰に対しても塩対応じゃないといけないんだ！　我々SSFは断固として抗議する！」

「……」

……マズイ、気持ち悪すぎて返す言葉が見つからない。

仁賀《にが》君、あまりにもこっぴどくフラれたものだから、脳が破壊されてしまったのでは……

ともかく、

「えーと……じゃあ最後に質問なんだけど、結局、桜華祭《おうかさい》の最中に俺を無理やり拉致《らち》監禁してまで何をさせたいんですか……？」

「単刀直入に言う、佐藤《さとう》さんとは別れてくれ。あ、もちろんただ別れるだけじゃダメだぞ、彼女に心の底から軽蔑《けいべつ》されるようなことをして、それからフラれるんだ。それこそ彼女が男性不信になるぐらいの……そして元の冷たい彼女を返してください」

「イヤに決まってんだろ!?」

「大丈夫、すぐに気持ちよくなるから」

「それがイヤだって言ってんだよ！」

コイツとんでもねえよ!!

こんな変態がクラスでは女子からキャーキャー言われてるのが到底信じられねえよ！

……というか！

「仁賀君はいかにも佐藤さんを神聖視してるみたいだけど……知ってるからな！　仁賀君、佐藤さんにフラれた直後、他の女の子にアタックしてただろ！」

「その浅はかな考えがキミの低俗なところだね」

「はぁ……？」

「佐藤さんは、アイドル。それはそれとして、彼女は欲しい」

「無敵かよこいつ！　だ、誰か助けて――っ!!」

「ははは叫んでも無駄だよ！　桜華祭の期間中、別館には誰も寄り付かない！　誰にも聞こえないさ！　そして拷問用の塩ならいくらでもあるぞ！」

仁賀君が高笑いをし、机の上に並べられたバリエーション豊かな塩の数々を指す。

ヤバい！　仁賀君はとんでもない馬鹿《ばか》でとんでもない変態だけど、この状況は絶体絶命だ！

俺は佐藤さんを迎えにいくと約束したのに――

「ははは、まずはキミの顔面に塩パックをして、そのさまを動画に収め、ミンスタに放流することとしよう……さぞやたくさんのいいねがつくだろうよ！」

「頼むからその情熱は別のことに向けてくれ！」

「早めに降参した方が身のためだと思うけどね！　ははははははぎゃっ!?」

「……えっ？」

それまで勝ち誇ったように高笑いをしていた仁賀君が、突然鈍い音とともに短い悲鳴をあげ、理科準備室の床に倒れ伏した。

何が起こったのかと目を丸くしていると――一体いつからそこにいたのか、仁賀君の背後に見知った男の姿がある。

両手で岩塩を抱えた、軍服の男の姿が……

「やっべ……岩塩って結構硬いんだな……死んでねえよな？」

「蓮《れん》!?」

「よお颯太《そうた》」

蓮はこんな状況には見合わないぐらい軽く挨拶《あいさつ》をして、両手で抱えた岩塩をうつぶせになった仁賀《にが》君の近くへ放り投げる。

仁賀君は……起き上がってくる気配はないけれど、何か小さく呻《うめ》く声が聞こえてくるので、とりあえず死んではいないようだった。

「蓮、どうしてここが……？」

「いやーなんかあのオタクからMINE《マイン》があってさぁ」

あのオタク……丸山《まるやま》さんのことか？

「なんか颯太が変な連中に連れ去られたって言うじゃん。んで、知り合いに聞いて回りながらここにたどり着いたってわけだよ」

「た、助かった……ありがとう蓮……！」

危うく全身塩漬けにされるところだった！

ああ、こんなにも蓮が親友で良かったと思った日はない！

「ところで、颯太さぁ」

「……うん？」

涙さえ流しそうな勢いで感謝の念を送っていると、蓮はにやりと口元を歪《ゆが》めた。

俺は知っている。蓮のこの顔は何か新しいおもちゃを見つけた時の顔だ――

「実はあのオタクが面白そうなことやるらしいから人集めてんだよね、お前も来るか？」

「面白そうなこと……？　なんだよ」

「そりゃあもちろん」

蓮はここで思わせぶりに溜《た》めを入れて、一言。

「――いばら姫救出に決まってるだろ」

♥

丸山さんと温海《あつみ》ちゃんと私、この三人で急いで体育館に向かってみたところ……そこには異様な光景が広がっていた。

「な、なにこれ……!?」

ステージの前にすごい人だかりができて、皆が拳《こぶし》を振り上げながら熱狂している。

どうやら軽音部？　かどこかがステージでライブをしているようだけれど……それにした

ってこの盛り上がり方は異常だ。

いったいどんなバンドが演奏しているのかと、遠巻きに窺《うかが》ってみたところ……

『――イェ～～～！　みんな盛り上がってるぅ!?　スイーツ同好会専属のＯＢバンド、スウィートデビルズのギターボーカル、しずくで～～～す！　今日は一日限りの復活ライブ、楽しんでいってね～～～っ!!』

「えっ……」

思いっきり知ってる人がフロアを沸かせていた。彼女のＭＣに、会場からは「しずく」コールが起きるほどだ。

いや、よく見たらあのステージの上、知ってる人しかいない!?

『じゃあメンバー紹介！　キーボードボーカルゥ！　まよ～～～～っ！』

麻世《まよ》さん!?

『続いてドラムス！　清左衛門《せいざえもん》！』

押尾《おしお》くんのお父さん!?

『そしてベースぅ！　ＫＡＺＵＨＡＲＵ～～～!!』

……なにやってんのお父さん。

そういえばお父さんが昔バンドをやってたって話はどこかで聞いた気もするけど、もしかして桜華祭《おうかさい》に来たのはこれが理由……？

「こはるちゃんどうしたのぉ？　知り合いでもいたぁ？」

「知らない人です」

温海《あつみ》ちゃんから聞かれて、食い気味に即答してしまった。

ええ、知らない人ですとも。女子高生から黄色い歓声を集める、七三分けのベーシストに知り合いなんていません。

そしてその女子高生たちに交じって、キャーキャー言いながら飛び跳ねてるお母さんによく似た女性も知らない人です。たった今他人になりました……

「じゃあさっさと控え室に入ろう！　あのバンドの次だよ私たち！」

「あ、あの次!?」

「なによ佐藤《さとう》さん、盛り上がってるからって怖《お》じ気《け》づいちゃった？」

ち、違う……もちろんそれも理由の一つだけど、それとは別に……いや！　関係ない！

私は必ず演劇を成功させる！　五十嵐《いがらし》さんとそう約束したのだから！

「ううん、早く行こう！」

「よしきた！　いくよ！」

……別に、期待していたわけではない。

保健室のベッドで横になっているのが退屈になっただけ。単なる野次馬根性。あのいばら姫さまが、一体どんな劇を披露してくれるのか、純粋に気になっただけ。

私は痛む足を庇《かば》いながら、松葉杖《まつばづえ》を頼りにしてやっとの思いで体育館までたどり着く。たっぷりと時間を使ったのに、ただそれだけで疲れ果ててしまって、私はすぐに体育館の壁へ背中を預け、一息ついた。

ステージ上では……前の出番のバンドが舞台袖《そで》へはける最中だ。

幕が閉じる直前、何故《なぜ》かギターの女性が桜華祭《おうかさい》実行委員に身柄を拘束されていたのが見えたけれど……ライブ中にはしゃぎすぎて桜華祭実行委員からお叱《しか》りを受ける場面は、去年も見た。さしたる興味もない。

そんなことより、今のバンドの出番が終わったとすればいよいよ……演劇同好会の出番だ。

「絶対に成功するはずがない……」

私は自らに言い聞かせるように言った。

成功するはずがない。いや、もっと言えばそんなもの、成功してはいけないのだ。

だって、てんで素人《しろうと》の佐藤こはるがステージに上がって、万が一にでも演劇を成功させたら――どうなる？　私がこれまでにしてきた努力はなんだったのだ？

そりゃあもちろん、部員は欲しい。

部員が増えて、演劇同好会から演劇部へ昇格すれば――予算がもらえる。活動場所がもらえる。できることが格段に増えて、もうわさびとひばっちに余計な気を使わせずに済む。

でもそれとは別に――佐藤《さとう》こはるには失敗してほしい。満座の前で大失敗して、一生分の恥をかいてほしい。

そうでないと、私が、私という人間が全て否定されてしまうから――

「続きまして、演劇同好会の発表です」

アナウンスが入って、ゆっくりと幕が開いていく。

さっきのバンドがよほど盛り上がったのだろう、ステージの前には未《いま》だ多くの観客が残っていた。

全くの素人《しろうと》が、いきなりステージに立つ……演劇をやっている私には分かる。その緊張感は、羞恥《しゅうち》だけで脳が焼き切れそうになるほどだ。

たとえひばっちのフォローがあったって、乗り切れるものでは……

「――えっ？」

幕が開き切った時、私は観客たちに混じって、驚きの声をあげてしまった。

だって――ひばっちのフォローどころではない。

ステージのど真ん中にはたった一人、コスプレ姿の佐藤こはるが立っているだけなのだから。

「お、おいあれ……塩対応の佐藤さん!?」「佐藤さんって演劇同好会だったの!?」「演劇!?

できるのか本当に⁉」

在校生たちから声が上がる。

その反応も当然だ。だって〝塩対応の佐藤さん〟の名前は、ほとんど全校に広まっている。

なにかの冗談なのか、もしくはトラブルなのかとざわめき出した。

しかし――

『いばら姫』

アナウンスに乗って、わさびの声が聞こえてきた時――いよいよ皆のざわめきはピークに達した。

『むかしむかし、あるところに王様と女王様がいて、二人は常に子どもを欲しがっていました。ですが、なかなか子どもに恵まれず……』

「冗談でしょ……⁉」

わさびのアナウンスが、従来の〝いばら姫〟のあらすじをなぞっていく。

やるのだ。本当に、塩対応の佐藤さんが、演劇を――

『……そして、悪い魔法使いの呪《のろ》いによって、城中が眠りにつきました。いばら姫も、王様も王女様も、馬も犬もハエも、暖炉の火さえ……』

このあたりで観客たちが、異変に気付き始めた。

だってわさびのアナウンスは、すでに物語の中盤へ差しかかろうとしているのに――佐藤こはるはただステージの中央に仁王立ちになっているだけ、一向に動く気配がないのだ。演劇どころかそれ以前の問題だ。観客たちは今度こそ事故なのかとどよめく。

「まさかわさび、これで凌《しの》ぐつもりじゃ……!?」

こんなワケの分からないことをやるぐらいなら、やらない方がマシだった。初めから無理だったのだ。どうして私はあの時本気でわさびを止めなかった……!

果てしない後悔の念が私の中で渦巻く——その時、ステージの上で異変が起こった。

『——しかぁし！　彼女だけは眠りにはつきませんでした！』

なんの脈絡もなく、ナレーションの語り口が変わった。

たとえるならそう、まるでスポーツ番組の実況のような——

『その名は——こはる姫！』

わさびの声を合図に、佐藤《さとう》こはるへスポット・ライトが当てられる。

いよいよ始まるのだ——

体育館に集まった全員の視線が一気に彼女へ集中する。その小さな身体《からだ》に、矢の雨のような視線を浴びせかけられて、彼女は右手を小さく挙げた。

一体何が始まるのか、期待と不安だけで弾《はじ》け飛びそうなぐらい、空気が張り詰める。そして澄み切った静寂の中で、彼女は——驚くほどぎこちのない笑みを浮かべて、言った。

「こ……こはる姫です、よろしくね……」

──この空気を、どうするつもりなのだろう。

彼女の調子っぱずれな挨拶《あいさつ》に、皆が目を剝《む》いていた、ぽかんと口を開けていた、言葉を失っていた、我を忘れていた、今の瞬間、何が起きたのかと目をぱちくりさせていた。

な、なによこれ……

『……どうやらこはる姫、ガチガチに緊張しているようです。それもそのはず、彼女は見て分かる通り、城の皆からからかわれて姫と呼ばれているだけで、別に姫でもなんでもありません。ただの召使なのですから』

わさびのアナウンスが入らなかったら、皆永遠に止まったまま、それこそいばら姫みたいに体育館ごと眠りについてしまっていたかもしれない。

……というか、まだ続けるの!?　皆まだ呆気《あっけ》に取られてるけど!?

『こはる姫はたいへん困りました。なんせ城のみんなが眠ってしまったのです。ということは、召使である彼女は、城の膨大な量の家事を全て一人でこなさなくてはいけません』

佐藤こはるはわさびのナレーションに合わせて、困ったような、悩むような仕草を見せる。

しかしそんな簡単なジェスチャーでさえ、ままならない。

アナウンスの通り、佐藤こはるは本当に緊張しているらしく、全ての動きがロボットみたくぎこちない。

そのくせ表情はいつもの「塩対応」のままで固定されているので、そのミスマッチさときたらもはや滑稽《こっけい》の一言でしかなく……

「――ふふっ」

その時、私は確かに誰かの笑い声を聞いた。

『まずは――掃除』

わさびのアナウンスの直後、舞台袖《そで》からバケツとモップが滑ってきて、佐藤《さとう》さんの近くで止まった。あれはきっと、ひばっちの仕業だろう。

佐藤さんは、がっちゃんがっちゃんと音が聞こえてきそうなぐらいぎこちなくモップを拾い上げると、これをバケツの中の水に浸そうとする。

しかし――緊張で腕が震えているせいで、バケツから水があふれまくりだ。あっという間に床が水浸しになってしまい――しかも、その水たまりに自ら足をとられて、盛大に転んだ。

この間も表情筋は微動だにせず、思い切り床に打った腰をさすりながらも、塩対応だ。

「……ははっ」

今度は誰かではない、何人かが短く笑った。

『残念、こはる姫、掃除は得意ではないようです。では続いて洗濯物！』

すかさず舞台袖から白いワイシャツが飛んでくる。

『主人の洗濯物を畳むのは召使として基本中の基本！　制限時間は5秒！　5……4……』

佐藤こはるが驚いたように、わさびがいるであろう方向を見る。

しかしカウントは無情にも進んでいくので、佐藤こはるは慌ててワイシャツに飛びかかって、畳み始める。

『2……1……タイムアップ！　はい皆さんに見せて！』

「っ！」

わさびのアナウンスに従って、佐藤さんが畳んだワイシャツを勢いよく持ち上げる。

しかし、そんなことをすれば当然、畳んだワイシャツは元通りただの一枚のワイシャツになるわけで……佐藤さんは広げたワイシャツを持ったまま、呆然《ぼうぜん》とする羽目になった。

「あははははっ！」

もう、誰も笑いを隠そうとはしなかった。

佐藤こはるがわさびのナレーションに振り回され、無表情のままに滑稽な動きをする。これの繰り返しに皆は腹を抱えて笑う。

ここで私はようやく理解する。なるほど、わさびの勝算とはこれのことだったのだ。

演劇にかんして全くのド素人《しろうと》である佐藤こはるをあえて舞台に立たせ、その滑稽さを見せものとする。〝塩対応の佐藤さん〟という悪評が、ほぼ全校生徒に広まっていることを逆手に取った――ギャップの笑い。

「こはる姫――っ！　がんばれ――っ！」

気がつくと、笑い声だけではない、壇上で悪戦苦闘する彼女を応援する声まであがる始末だ。

まるでお遊戯会……こんなのは演劇じゃない。演劇と認めてはいけない。

でも、演劇をやっている私だからこそ分かってしまう。

佐藤《さとう》こはるは、今――心臓が潰《つぶ》れそうなぐらいの緊張と羞恥《しゅうち》に、たった一人でその身を晒《さら》している。

『おぉおぉ――っと!? こはる姫吹っ飛んだ――っ！』

佐藤こはるの滑稽《こっけい》な動きが観客たちの笑いを誘う。それでも彼女はめげずに劇を続ける。

どうして？ どうしてそこまでする？

あなたは塩対応の佐藤さんじゃなかったの？

他の人なんて関係ないですって顔をして、教室の隅で一人座ってるだけじゃないの？

なんで、あなたは――


――やらないで諦《あきら》めるよりは、ずっといいと思うからっ！


……いいや。そうだった。彼女はすでにその答えを口にしているんだった。

佐藤こはるは、ただ諦めていないだけだ。

何度笑われても立ち上がって、劇を続ける。

あんなにもひどく自分を罵《ののし》った私のために――

「ふふふ……」

自然と、笑みがこぼれていた。

他の皆と同じく、彼女のひたむきさに、思わず頬《ほお》が緩んでいた。

ああ、本当に、彼女を一番最初に〝塩対応の佐藤さん〟なんて呼んだのは、どこの誰だったのだろう。

塩対応なんてとんでもない。彼女はただ、とんでもなく不器用で、努力家なのだ――

「――こはる姫――っ!! がんばれ――っ!!」

私が声をあげると、こはる姫はほんの一瞬、こちらに向かって微笑《ほほえ》んでくれた、ような気がした。

その時である。ステージに更なる異変が起きた。

舞台袖《そで》から雪崩のように人が押し寄せてきたのだ。

この統一されているようで全く統一されていないコスプレ集団は……2のAの皆!? まさか、このためだけに集めたの!?

これを率いるのは、もちろん騎士の姿のひばっちだ。御旗を掲げ、皆を導くさまはさながらジャンヌ・ダルクである。

『いばら姫の噂《うわさ》を聞きつけ! 遠い東の国からヒバタ王子が推参! 家来には剣士や踊り子大道芸人とよりどりみどり! 万全の布陣だ! しかし……』

これだけでも驚きだったのに、なんと反対側の舞台袖《そで》からまたも雪崩のように人が押し寄せてきた。これもまた全て2のAのメンバーだ。

海賊や忍者に吸血鬼など、輪をかけて面子《メンツ》がひどい。中には頭から鹿《しか》の首をかぶった謎《なぞ》の生き物もいる。

しかもしんがりで彼らを指揮するのは――これまたとんでもない、ドイツ軍人だ。

『おぉ――――っと！　いばら姫の噂《うわさ》を聞きつけて、なんと遥《はる》か西、ドイツ国防軍空軍からレン少佐が参戦だ――っ！　これは頼もしい！　しかし当然いばら姫は一人しかいない!!　麗しのいばら姫を手に入れられるのはどちらか一方だけだ！　となれば睨《にら》みあう両軍！　みあってみあって――――っ！』

この展開はまさか……と思ったら、そのまさかであった。

ヒバタ王子が率いる東軍と、レン少佐の率いる西軍。両軍はにらみ合いののち、お互いに飛びかかって……

『開戦だ――――っ!!』

もう劇でもなんでもない。神聖なステージの上で、いばら姫を巡る取っ組み合いの喧嘩《けんか》が始まってしまった。こんなめちゃくちゃな演劇、見たことがない。

「あはははは！　なによこれ！」

突然の大乱闘に一気に沸き上がるギャラリーたちを遠目に眺めながら、私は一人腹がよじれるぐらいに笑っていた。

こんなに気持ちよくなるぐらい笑ったのは、一体いつぶりだろう。

私はお腹が痛くなるまで笑い、そして思い出していた。

……そういえば、わさびとひばっちの三人で、初めて見た劇は喜劇だったっけ。

♠

『この争いは三日三晩続きましたが、決着はつきませんでした。おまけに、嗚呼《ああ》悲しきかな、激しい戦火はいばら城を跡形もなく消し飛ばしてしまったのです。こうなってはもう仕方がありません、手痛い代償を支払った両軍は、撤退を余儀なくさせられたのです――』

ステージ上での乱闘が一段落つくと、丸山《まるやま》さんのそんなアナウンスが聞こえてきた。

蓮《れん》に無理やり体育館へ連れてこられてみれば、佐藤《さとう》さんがステージの上で演劇をやっているものだから、最初は何事かと思ったが、なんとか無事に成功したようだ。

手筈《てはず》通りであれば、ここで俺を含めた2のAの皆が舞台袖《そで》にはけ、ステージの上に佐藤さんと樋端《ひばた》さんだけが残る。

そしてヒバタ王子がこはる姫に愛の告白をして、クライマックス――のはずだったのだが。

「押尾《おしお》君、あとは任せたよぉ！」

　さあそろそろ退場しようかという段になって、すれ違いざま樋端さんから肩を叩《たた》かれた。これにはさすがに驚いてしまう。

「な、なんで!?　樋端さんが残るんじゃ……」

「ここまでめちゃくちゃな劇なら、押尾君が王子様役やった方がいいよぉ！　大丈夫、わさびならきちんと締めてくれるから、佐藤さんの前に跪《ひざまず》くだけでいいんだよぉ！」

「そ、そんなの言われたって……」

「んじゃ、頑張ってねぇ！」

「あっ!?」

　有無を言わさず、樋端さんは舞台袖へ引っ込んでしまう。

　一通り暴れまくった2のAの皆も、俺が混乱しているうちにそそくさと舞台袖へ引っ込んでしまって、ステージ上にはあっという間に俺と佐藤さんだけが残された。

「押尾君……」

「佐藤さん……」

　俺と佐藤さんはステージの中央で向かい合い、お互いの名前を呼び合う。

　スポット・ライトがいやに眩《まぶ》しい。

　観客たちの視線が一気に俺たちへ集中してくるのを感じる。

『……おや?　すっかり焦土となってしまったいばら城跡地に残っている二人がいますね。

こはる姫と、ソータ伯爵《はくしやく》です。一体どうしたというんでしょうか』

……さすがは丸山《まるやま》さんだ。

すぐに俺たちの意図を察して、アドリブでナレーションをつける。

ここまで来たら、俺はもう躊躇《ため》う必要もなかった。

「――約束通り、迎えに来たよ佐藤《さとう》さん」

「押尾《おしお》君……！」

俺は彼女に微笑《ほほえ》みかけ、そして跪《ひざまず》く。

静寂。埃《ほこり》の舞う音すら聞こえそうなぐらいの果てしない静寂の中、観客たちが呼吸をするのも忘れて、俺たちを見つめている。

さあ、あとはクライマックスの告白シーンを丸山さんがナレーションしてくれるだけ……のはずだったのだが……

「……？」

おかしい。いつになってもナレーションが始まらない。観客の皆もあまりの間の長さに、不思議がっている様子だ。

一体どうしたのか、俺はちらりと丸山さんの座るアナウンス席へ目をやって……

「なっ……!?」

その衝撃的な光景に声をあげてしまう。

——なんということだ。覆面の力士が暴れる丸山さんを羽交い締めにして、おまけに口を塞《ふさ》いでいるのだ。

そして力士の隣には案の定、ヤツの姿が——

「——この劇、解釈違いなんだよね」

仁賀隆人《にがりゅうと》！

ヤツがにたにたと口元を歪《ゆが》めながら、舞台袖《そで》から俺を眺めているではないか！

頼みの綱のナレーションが封じられた——ここまでやるのか、あいつらは!?

「……っ！」

観客席からとうとう「どうしたんだ？」という声があがり始める。

全身に嫌な汗が浮かび始めた。呼吸が乱れ、胸が苦しくなる。佐藤さんまで心配そうにこちらを見下ろしている。

彼女の位置からでは、背後で何が起こっているのか確かめられないのだ。

どうすればいい、どうすればいい、どうすればいい——！

「……いや」

俺は、人知れず小さくかぶりを振った。

どうすればいいかなんて、決まっている。

俺はまだ——彼女に伝えていないことがあるのだ。

「――いばらの城には、とても美しいお姫様がいるという噂《うわさ》を聞いた。名はいばら姫といい、その氷のような美しさは一〇〇年変わらず、誰も寄せつけないとの噂だった」

俺が台詞《せりふ》を発すると、観客の皆はどこか安心したようだったけれど――その一方で、事情を知る皆はぎょっと目を剝《む》いた。丸山《まるやま》さんも、仁賀《にが》君も、覆面の力士も、そして――佐藤《さとう》さんも。

「でも、いばら姫なんていなかった。いばらに守られたお城にいたのは――こはる姫。王子様のキスなんてなくても、とっくに眠りから覚めていた君がいた」

「おしお、くん……」

「きっと君はこれからもどんどん変わっていく。毎日の変化が目まぐるしくて、目で追えないぐらいだ」

ああ、きっと最初から関係がなかったんだ。

過保護とか独占欲とか、俺が望もうが望むまいが、そんなものなにも関係がなく、佐藤さんは毎日少しずつ変わっていく。

だから――

「だから俺は――」

俺は、懐からあるものを取り出し、それを佐藤さんへ差し出して――

――ようやく見つけた。こんなところにいたんですね。

ボクは自らに自分は〝殺人ピエロ〟であると言い聞かせて、仮面をかぶる。ナイフを握りしめたら、準備は万端だ。

あとはゆっくり、ゆっくりと、血に飢えた、しかし頭は氷のように冷静な殺人者になりきるだけ……

「ふ、ふざけるなよ押尾颯太《おしおそうた》……！　おい、清め塩用意！」

知らない上級生の命令に、あのにっくき覆面力士は、片手いっぱいの塩を握りこんで、振りかぶった。照準は、ステージの上で向かい合う二人の男女へと向けられている。

「ははは！　クライマックスシーンと同時に顔面塩まみれにしてやるぞ押尾颯太！　そうだこんな話もある！　かつて上杉謙信《うえすぎけんしん》は、敵対関係にあった武田信玄《たけだしんげん》へ塩を……」

上級生の彼が、なにやら愉快そうに笑いながら言っているけれど――関係ない。

ボクの目的はただ一つ、報いを受けさせることだ。

ゆっくり、ゆっくり近づいて行く……

データベースの中で眠らせていた脅かし妙技一〇八の一つ、今こそ見せる時！　ボクはナイフを振りかぶって――さながら虎《とら》のごとく覆面力士へ飛びかかる。

「へっ？」

周りの皆がそこでようやくボクの存在に気付いたようだけれど、もう遅い。

ボクは覆面越しでも分かるぐらい驚愕《きょうがく》した覆面力士に向かって、怒号を飛ばした。

「よくもボクのお化け屋敷おおおおおおおおおおおおおおおおっ！！！」

「ぎゃあああああああっ!?」

覆面力士が絶叫し、哀れにも腰を抜かす。

その際、彼が手の内に握りこんでいた塩粒は、天高く舞い上がり、そしてステージの上へ降り注いだ――

♠

「だから俺は――」

俺は、懐からあるものを取り出し、そして彼女へと差し出した。

「これは……」

佐藤《さとう》さんが差し出されたそれを見て、驚きから言葉を失った。

それは――金平糖。

あの日、桜庭《さくらば》高校入学試験の日、俺と佐藤さんが知り合うきっかけとなった金平糖。

思えば、あの時から、付き合った今となっても俺は、何一つ変わっていない。

彼女の笑った口元に、悲しげな眼《め》に、はしゃいだ姿に、調子に乗った仕草に、彼女の全てに、一喜一憂してしまう自分がいる。

そして欲張りなことに、まだまだいろんな佐藤さんを見てみたいと、心の底から思っている。

だからこそ、俺は――守るんじゃない。独占するのでもない。見ているだけでもない。ただ、俺は――

「――そんなキミの隣を、歩きたいと思う」

それとほぼ同時に、俺たちの頭上から、なにやら白く輝く粒が降り注いだ。

粒の一つ一つがスポットライトを返して輝き、まるで宝石のカケラのように、俺たちの舞台を彩る。

これは――塩だ。塩のシャワーだ。

佐藤さんは、今までの〝塩対応〟ではない。年相応の少女のような、柔らかく自然な笑みを浮かべながら、言う。

「ふふ……しょっぱくて涙出てきちゃった」

――かくして舞台には幕が下りる。

エピローグ　やきもち

♥

「……ほうじ茶ラテホイップ追加ホワイトモカシロップに変更ブラウンシュガー」

祭りのあと。

いつもよりずっと寂しく感じる夜の教室で、クラスの皆と桜華祭《おうかさい》の片付けを進めていると、五十嵐《いがらし》さんがおもむろにそんなことを言ってきた。

「な、なに？」

呪文《じゅもん》？

首を傾《かし》げていると、五十嵐さんは心なしか恥ずかしそうに、言った。

「だから！　私のお気に入りのフタバのカスタマイズ！　知りたかったんでしょ、わさびから聞いたの！　劇、ちょっと笑えたから教えてあげる。……ありがとね」

「……！」

私は丸山《まるやま》さんの方へ目をやる。彼女は「ニシシ」と無邪気に笑いながら、こちらへVサインを作っていた。温海《あつみ》ちゃんも一緒だ。

感激のあまり、今にも跳ねまわりたい気持ちだ！

「じゃ、じゃあスリーサイズも聞いていい⁉」

「なんでよ⁉　駄目に決まってるでしょ！」

「じゃあ私もみおみおって呼んでもいい⁉」

「イヤ！」

「私のことこはるって呼んでもいいから！」

「イヤだっての！」

「私はわさびって呼んでもいいよん」

「ひばっちでいいよぉ」

「ふ、二人まで……！」

「だってこはるは今回のＭＶＰだよ？　そりゃま――酷《ひど》い劇だったし、変なヤツらの邪魔もあったけど、あれが思ったよりウケて即日入部希望者もバシバシ集まったわけだしさぁ。これで晴れて私たちは演劇部、なにが不満なのさ」

「う、ぐ……」

「みおみお、ケチだよねぇ」

「わっ……分かったわよ！　澪《みお》でもみおみおでも好きに呼んだらいいじゃない！」

「やった！」

私はガッツポーズを作って、小躍りする。

桜華祭《おうかさい》までに五十嵐《いがらし》さんと仲良くなる——ギリギリだけど、達成！

押尾《おしお》君に自慢しなきゃ！　と思いかけて、ふと気付く。

「あれ？　押尾君は……？」

♠

一階の自販機で買った栄養ドリンクを飲み干し、ほんの少し壁に寄りかかるだけのつもりだった。

でも一度体重を預けた途端、全身から力が抜けていくかのような感覚があって、ああダメだダメだと思いつつも、ずるずると崩れ落ちていき、気付いたら地べたに座り込んでいた。

もう色々と限界だったのだろう。

「疲れた……」

無意識のうちに、そんな言葉が口をついて出てきた。

もう手足に力が入らず立ち上がることすら難しい。泥のような眠気ばかりがまとわりついてきて、ずるずると身体《からだ》が傾いていく。

……思えば、今日という日まで色々と頑張ってきた気がする。

段々頭に靄《もや》がかかってきてマトモに思考もできなくなるけど——教室を出てきたのは我ながら良い判断だったと思う。

何故《なぜ》ならあの劇を通して、図らずも佐藤《さとう》さんが皆の思うような人間ではないと全校生徒へ、アピールすることができたのだ。

これから、佐藤さんにはいっぱい友達ができるだろう。

そんな新たな門出に立った佐藤さんを邪魔したくない。俺は彼女の……足枷《あしかせ》には……

「——私の隣を歩きたいって、言ったじゃん」

どうやら意識が飛んでいたらしい。

気がつくと、俺の頭が何か柔らかくて温かいものにのっていた。

そして正面には、俺の顔を覗《のぞ》き込む彼女の姿がある。そこで初めて俺は廊下で佐藤さんに膝《ひざ》枕《まくら》をされているのだと気付いた。

冷静に考えれば相当恥ずかしい状況であるはずなのに、いかんせん頭が回らない。

「佐藤さん……」

「押尾君ばっかり言いっぱなしでずるいよ、いっつもそうだよ押尾君は」

「えっ……」

「お化け屋敷で、私、まだ押尾君に伝えてなかったことがあるの」

伝えてなかったこと……？　なんだろう。

俺が訝《いぶか》しんでいると、佐藤《さとう》さんは今までに見たことのない、無邪気で悪戯《いたずら》っぽい表情を浮かべながら──

「──大好きな人からやきもち焼かれるのが嫌いな女子なんていないんだよ」

やきもち……

彼女の言葉がすとんと胸に落ちていった。

……そうか、自分でも気がつかなかった。

いや、わざと気付かないフリをしていただけなのかもしれない。過保護でも、独占欲ですらもなく、俺のこの感情は単なるやきもちだったのだ。

俺に頼らずとも、どんどんいろんな人から好かれていく彼女に、俺はただやきもちを焼いていただけだったのだ。そしてそんなの佐藤さんにはお見通しだったわけで……

「恥ずかし……」

そう呟《つぶや》くのと同時に、強烈な眠気が俺を襲った。

そして薄れゆく意識の中、俺の額に世界で一番柔らかい何かが当たったような気がしたんだけれど、すぐに心地よいまどろみの中へ落ちてしまって、確かめることはできなかった。

了

あとがき

最近、個人的に仲のいいライトノベル作家、うさぎやすぽん先生とよく「ラブのある小説が書きてえな」という話をしております。

ラブ、ラブです。最近Switchで配信された某有名ゲームにも語られる、あのラブです。

しかし改めて「ずばりラブとはなんぞや」と問われると、言葉に詰まってしまいます。そもそもラブという言葉は実に多くの意味を内包しており、しかも常に変化するのです。

それを踏まえた上であえて一言でラブを表すとするなら、それは「許すこと」でしょう。

たとえばぼくの大好きなマンガ「めぞん一刻」の話になるんですが（これは「めぞん一刻」大ネタバレを含んでいるので、ヤバい！　と思った方はすぐに目を潰《つぶ》してください）、主人公の五代裕作くんは、未亡人である音無響子さんへ好意を抱いております。

しかし響子さんは死んだ主人のことが忘れられず、いまいち五代くんとの仲を進展させることが出来ない。五代くんも五代くんでなにかとちらつく亡夫の影に苦しめられる。そういう、もうウワーッ！　って感じの話なんですけど、物語も終盤で、五代くんが響子さんの亡夫の墓前でこう言うんですよ。

「初めて会った日から響子さんの中に、あなたがいて…そんな響子さんをおれは好きになった。だから…あなたもひっくるめて、響子さんをもらいます」

そう、五代くんは全部ひっくるめて、受け容《い》れたのです。

響子さんへの好意、響子さんを好きだからこそ捨てられない亡夫への嫉妬《しっと》、そしてそんな醜い感情を抱いてしまう自分自身への嫌悪……それらを全部ひっくるめて「許した」のです。

許すという行為は、無関心からは決して生まれません。深い愛情を持っているからこそ抑えきれない感情を、受け容れる。これはもう、まぎれもなくラブです。

もちろん本当の意味で「許す」ことは、なかなかできることではありません。だからこそ我々はラブを称えるのです。ラブは尊い。

なのでもし、ぼくが酒に溺れてゲハゲハ笑いながらVチューバーを追うような自堕落な日々を送っていたとしても、寛容なラブの精神で、許したってください。

そんなわけで大きなラブをもって謝辞を。

Aちき先生、いつもいつもいつも素晴らしいイラストありがとうございます。最近Vになったとのことで、いつラブ（赤スパ）を送ろうかと虎視眈々《こしたんたん》機会を窺《うかが》っております。

編集の大米《おおよね》さん、初の年末進行でゲボ吐くぐらい大変だったでしょうが、ラブをもって許してください。

そして出版に携わってくれた皆さま、並びにしおあまを応援してくださっている読者の皆様へ溢《あふ》れんばかりのラブを――というわけで「あれもラブ、これもラブ、しかしお前のラブはまだ未熟」でお馴染《なじ》み、猿渡《さわたり》かざみがお送りしました。

マンガでも
“甘々”な2人を
お楽しみに!!
押尾颯太
Oshio Souta
@comic
俺にだけ甘い
作画：
鉄山かや

ガガガ文庫5月刊

呪剣の姫のオーバーキル ~とっくにライフは零なのに~ 4

著／川岸殴魚《かわぎしおうぎょ》

イラスト／SO品《そひん》

メッソル率いる変異魔獣軍が辺境府メルタートを襲来。 シェイと仲間達は因縁を断ち切るため、辺境の命運を懸けた戦いへと臨む。 古の力が目覚めしとき、屍喰らいは新たな姿へと生まれ変わり、戦いは神話の舞台へ――

ISBN978-4-09-453067-4 (ガか5-34)　定価682円(税込)

青春絶対つぶすマンな俺に救いはいらない。2

著／境田吉孝《さかいだよしたか》

イラスト／U35《うみこ》

学歴コンプ持ちのビリギャル――仲里杏奈。 狭山とは、 補習クラスの腐れ縁である。 案の定、 藤崎に目を付けられ、 ふたりして留年回避プロジェクトに挑むのだが――？ “痛”青春ラブコメ、第2弾！

ISBN978-4-09-451693-7 (ガさ7-3)　定価759円(税込)

高嶺の花には逆らえない

著／冬条《とうじょう》 一《はじめ》

イラスト／ここあ

佐原葉は、学校一の美少女・立花あいりに一目惚れをした。 友人に恋愛相談をしていたが、応援をするフリをして好きな子を奪われてしまう。 落ち込む葉だが、翌日学校で会った友人はなぜかスキンヘッドになっていて!?

ISBN978-4-09-453068-1 (ガと5-1)　定価726円(税込)

転生で得たスキルがFランクだったが、前世で助けた動物たちが神獣になって恩返しにきてくれた3 ~もふもふハーレムで成り上がり~

著／虹元喜多朗《にじもときたろう》

イラスト／ねめ猫《ねこ》⑥

クゥの故郷・ハウトの丘を訪れるシルバたち。 預言スキルを持つクゥの育ての親メアリはシルバが救世主だと告げる。一方、ハウトの村には勇者と呼ばれる少女エリスがいた。真の英雄を決めるため救世主と勇者が対決！

ISBN978-4-09-453069-8 (ガに3-3)　定価660円(税込)

GAGAGA

ガガガ文庫

塩対応の佐藤さんが俺にだけ甘い4

猿渡かざみ

発行　2021年2月23日　初版第1刷発行

2022年5月31日　第4刷発行

発行人　鳥光 裕

編集人　星野博規

編集　大米 稔

発行所　株式会社小学館

〒101-8001 東京都千代田区一ツ橋2-3-1

[編集]03-3230-9343 [販売]03-5281-3556

カバー印刷　株式会社美松堂

印刷・製本　図書印刷株式会社

Printed in Japan ISBN978-4-09-451883-2

第17回小学館ライトノベル大賞
応募要項!!!!!!!!!!!!!!!!!!!!!!!!!!!!!!

ゲスト審査員は武内 崇氏!!!!!!!!!!!!!!

大賞：200万円＆デビュー確約
ガガガ賞：100万円＆デビュー確約
優秀賞：50万円＆デビュー確約
審査員特別賞：50万円＆デビュー確約

第一次審査通過者全員に、評価シート＆寸評をお送りします

内容 ビジュアルが付くことを意識した、エンターテインメント小説であること。ファンタジー、ミステリー、恋愛、ＳＦなどジャンルは不問。商業的に未発表作品であること。
（同人誌や営利目的でない個人のWEB上での作品掲載は可。その場合は同人誌名またはサイト名を明記のこと）

選考 ガガガ文庫編集部＋ゲスト審査員 武内 崇

資格 プロ・アマ・年齢不問

原稿枚数 ワープロ原稿の規定書式【１枚に42字×34行、縦書きで印刷のこと】で、70～150枚。
※手書き原稿での応募は不可。

応募方法 次の3点を番号順に重ね合わせ、右上をクリップ等（※紐は不可）で綴じて送ってください。
① 作品タイトル、原稿枚数、郵便番号、住所、氏名（本名、ペンネーム使用の場合はペンネームも併記）、年齢、略歴、電話番号の順に明記した紙
② 800字以内であらすじ
③ 応募作品（必ずページ順に番号をふること）

応募先 〒101-8001 東京都千代田区一ツ橋 2-3-1
小学館　第四コミック局 ライトノベル大賞係

Webでの応募 GAGAGA WIREの小学館ライトノベル大賞ページから専用の作品投稿フォームにアクセス、必要情報を入力の上、ご応募ください。
※データ形式は、テキスト（txt）、ワード（doc、docx）のみとなります。
※Webと郵送で同一作品の応募はしないようにしてください。
※同一回の応募において、改稿版を含め同じ作品は一度しか投稿できません。よく推敲の上、アップロードください。

締め切り 2022年9月末日（当日消印有効）
※Web投稿は日付変更までにアップロード完了。

発表 2023年3月刊『ガ報』、及びガガガ文庫公式WEBサイトGAGAGAWIREにて

注意 ○応募作品は返却致しません。○選考に関するお問い合わせには応じられません。○二重投稿作品はいっさい受け付けません。○受賞作品の出版権及び映像化、コミック化、ゲーム化などの二次使用権はすべて小学館に帰属します。別途、規定の印税をお支払いいたします。○応募された方の個人情報は、本大賞以外の目的に利用することはありません。○事故防止の観点から、追跡サービス等が可能な配送方法を利用されることをおすすめします。○作品を複数応募する場合は、一作品ごとに別々の封筒に入れてご応募ください。